나의
아메리카
생존기

스피리투스
청소년문학
01

나의 아메리카 생존기

초판 1쇄 발행 2022년 3월 3일
초판 2쇄 발행 2022년 10월 11일

지은이 박생강

펴낸이 김현숙 김현정
펴낸곳 스피리투스/공명
디자인 정계수
일러스트 이혜헌
출판등록 2011년 10월 4일 제25100-2012-000039호
주소 121-904 서울시 마포구 월드컵북로 402, KGIT센터 925A호.
전화 02-3153-1378 | 팩스 02-6007-9858
이메일 gongmyoung@hanmail.net
블로그 http://blog.naver.com/gongmyoung1

ISBN 978-89-97870-59-2(43810)

숨결, 정신, 마음을 뜻하는 스피리투스는 도서출판 공명의 문학 브랜드입니다.

박생강 장편소설

나의 아메리카 생존기

그의 10대, 또 우리의 10대 시절

작가 박생강은 나와 동갑 친구다. 산술적으로는 분명 나와 같이 나이 들어가고 있을 테지만, 나는 그를 만날 때마다 우리가 서로 성격과 직업이 다른 정도가 아니라, 각자가 아예 다른 평행 우주에 살고 있는 것 같았다.

박생강이라는 사람 자체에는 내가 지금껏 만난 그 누구와도 다른 특별한 반짝거림이 향수처럼 은은하게 빛나고 있다. 그것이 그를 진정한 작가처럼, 소년인 상태로 영원히 늙지 않는 뱀파이어처럼 만드는 것 같았다. 그와 헤어질 때마다 화가의 모자 아래 두 다리가 늦은 오후의 전봇대 그림자처럼 길게 드리워진 그의 뒷모습 실루엣을 보면서, 그가 돌아가고 있는 그의 세계는 어떤 곳일까 궁금했었다. 내가 매일 직면하는 팍팍한 세계와는 달리 특별할 것 같았다. 꿈과 낭만과 환상과 순수와 명랑함이 놀이 공원의 기구들처럼 빙글빙글 돌아가면서도, 어둡고 푸른 저수지와 사람을 무섭고도 조금 슬프게 만드는 깊은 동굴이 있을 것만 같았다.

이 소설을 읽으니 그 세계가 어떤 세계였는지 조금 알 것 같다. 그 세계는 그의 10대, 또 우리의 10대 시절이 아니었을까 싶다. 사실 나는 중년 이후, 10대 시절을 끊어 내어 버렸다. 자아가 비대하고, 자기연민이 깊고, 두려움에 질려서 강한 척을 하고, 나비처럼 작은 일에도 태풍처럼 격정이 휘몰아치던 그 시절이, 언젠가부터 몹시 민망하고 부끄러웠+고, 언젠가부터는 도무지 이해가 되지 않았다. 그러다 모처럼 박생강의 글을 피터팬의 손처럼 붙잡고 그 시절로 돌아가 보았다.

정재민(작가, 법무심의관)

추천의 말

새로운 걸음을 떼는 친구들에게 하고픈 말

2006년 7월, 그날은 비가 많이 내렸다. 나는 아직도 아침에 싸 놓은 가방을 들고 차에 몸을 싣던 순간과, 공항에 처음 내렸을 때 풍겨왔던 그 냄새를 기억한다. 나는 그렇게 정신없이 비행기에 몸을 싣고 태평양을 건넜다. 한 번의 경유와 14시간에 걸친 비행이 끝나고, 햇빛이 따갑게 내리쬐는 L.A 공항에 도착했다. 거리의 풍경부터 나에게 인사를 건네는 버스 기사의 미소까지 모든 것이 새로웠다. 그렇게 내 이민 생활은 시작되었다.

이후 2022년, 내 10대의 삶이 한 소설가에 의해 한 권의 책으로 만들어졌다. 어떤 이들은 나의 특별한 삶을 다른 이가 소설로 쓰는 일을 불편하게 느낄지도 모른다. 하지만 나는 친절한 이웃이기도 한 박생강 작가님이 내 이야기를 소재로 글을 쓰고 싶다고 했을 때 흔쾌히 수락했다. 여러 차례 적극적으로 인터뷰에 응하면서, 작가님이 미국의 고등학교에 대해 잘 모르는 부분들은 그림까지 그려가며 디테일하게 설명하기도 했다.

물론 개인적인 이야기가 소재로 활용된다는 점 때문에 아예 고민을 하지 않은 것은 아니었다. 두 가지 이유가 나를 움직였다. 첫 번째는 내 이야기를 다른 사람들에게 보여주고 싶다는 개인적인 욕심이었다. 두 번째는 작가님의 문체가 마음에 들었다. 그가 엮어 낸 이야기라면 내 경험을 소재로 빌려줘도 좋겠다는 믿음이 있었다.

그렇기에 이 책 《나의 아메리카 생존기》에는 미국에서 사는 동안 겪었던 내 경험이 일부 반영되었다. 소설을 읽으며 10대의 나와 닮은 점도 있지만 상당 부분 다른 태조의 학창 시절을 지켜보는 재미가 있었다. 태조와 나의 환경적인 부분은 굉장히 비슷했다. 나는 2006년에 이민을 가서 약 10년 가까이 미국에서 살았던, 그네들 식으로 말하는 이민 1.5세대 중 하나였다. 너무 어릴 때 '이사'의 느낌으로 간 것도 아니고 스무 살 성인 나이를 넘어 공부의 목적으로 몸담았던 것도 아니었다. 말 그대로 어중간

한 시기에 갔었기 때문에, 이 책의 주인공인 이태조가 겪는 어려움들이 조금 더 솔직하게 다가왔다. 남중과 남고를 다녔던 탓에 한국을 떠날 때 여사친의 짝사랑 고백이 있던 것은 아니었지만, 그때 내가 친구들과 이별하면서 흘린 마음의 눈물이 다시금 떠올라 아련한 추억에 잠기기도 했다.

사실 '이민'이란 것은 그 어느 때고 당사자에게는 인생의 중요한 분기점이자, 일생일대의 주요 사건이다. 모든 것이 낯설어지고, 당장 어제까지만 해도 나에게 당연했던 것들을 다시 처음부터 적응해 나가야 한다. 모험과 도전을 좋아하는 사람들이라면 반길 수도 있는 환경이다. 하지만 변화에 민감한 청소년기의 학생이라면 부담스러울 수밖에 없다.

나 역시 그랬다. 도착하고 나서는 집을 구하러 다니느라 호텔을 전전했고, 겨우 자리를 잡고 입학한 학교에서는 기본적인 수업도 이해하기 힘들어 늘 머리가 아팠다. 그럼에도 나는 어떻게든 그 모든 것을 견뎌 내야만 했다. 영어 실력을 키우기 위해 한국에서는 보지도 않았던 다큐멘터리 프로그램을 돌려 보며 단어와 문장을 익혔고, 그것을 까먹지 않기 위해 잠들기 전 일기 쓰는 것을 빼먹지 않았다. 어린 시절, 그림일기 쓰는 것도 귀찮아하던 나에게 그것은 사소하지만 무척 부담스러운 도전이었다.

학창 시절을 보내는 청소년들이 으레 그렇듯, 나도 부모님보다는 친구들에게서 더 많은 영향을 받았다. 이 책의 주인공 태조는 한국을 떠나기 얼마 전, 동네 형으로부터 외국인 친구를 사귀라는 조언을 듣는다. 나 역시 비슷한 경험을 한 적이 있다. 친구의 아는 형을 통해 건너 알던 형이 내가 이민을 떠난다는 소식을 듣고는 똑같은 말을 해 주었다. 그때는 그것이 그냥 지나가는 인사말이라고 생각했는데, 막상 미국에 도착하여 학교생활을 시작하고 나니 그것보다 더 나은 조언이 없었다. 외국인 친구들과 동네를 쏘다닌 덕분에 성적은 오르지 않았지만, 반대로 미국 생활에 적응하는 속도에는 불이 붙었다. 대학에 들어가고 나서는 '고등학교 때 너무 놀았던 게 아닌가' 걱정도 됐지만, 지금에 와서 다시 뒤돌아 보면 그만큼 잘한 결정도 없었다.

이 책은 기본적으로 한국에서 평범한 학창 생활을 보내던 소년소녀가 미국으로 이민을 가게 되면서 겪게 되는 이야기를 담고 있다. 외국 생활이라는 소재 때문에 한국에서의 모습과 미국에서의 삶이 크게 다르다고 느껴질 수 있지만, 현실은 그렇지 않다. 이야기 속 태리와 태조가 겪는 경험도 마찬가지다. 태조가 겪었던 친구 관계나 학교생활의 적응 문제는 한국에서도 똑같이 겪었을 문제들이다. 단지 그 선택의 폭이 넓어졌고, 낯선 환경에서 시작하다 보니 다르게 느껴질 뿐이다.

한때 주인공 태조와 같은 나이의 10대였던 나, 그리고 지금 그 또래의 친구들 또한 늘 인생에서 고비를 만난다. 새로운 환경에서 낯선 친구를 만나고, 때론 무리에서 배제되거나 혼자만의 사랑에 빠지기도 한다. 그 고비는 새롭고 낯선 것일 수도 있고, 어렵고 복잡한 것일 수도 있다. 중요한 것은 고비와 맞서고자 하는 나 자신의 모습이다.

이 책에는 그 또래 소년소녀들의 특별하지만 누구나 공감할 수 있는 고민이 담겨 있다. 그리고 낯선 곳에서 결국에는 어려움을 극복해 낸 태조처럼, 나는 포기하지 않고 주어진 환경에 적응해 나가는 태도를 갖는 것이 중요하다고 생각한다.

특히 새로운 것을 경험해야 하는 경우, 앞으로 나서는 것을 결코 주저해서는 안 된다. 성공도 실패도, 발걸음을 먼저 뗌으로써 의미를 갖게 된다. 해 보지도 않고 수없이 고민만 하는 것은 실패하는 것보다 더 위험하다.

먼저 움직이면 걱정이 계획으로, 우려가 기대로 바뀐다.

세상에 겁먹지 말자. 일단 발걸음을 떼고 새롭고 낯선 사람들에게 다가가 보자. 태조의 말처럼 '친해지면 끝'이니까. 어쩌면 낯선 사람들도 너와 가까워지고 싶지만 쑥스럽고 두려운 마음에 눈을 내리깔고 있는 것인지도 몰라.

나 역시도 그랬거든, 친구.

2022.

재미교포 M 군

차례

이태원

그때 보광동 언덕에서 한강을 바라보며 테디가 물었다.

"형은 스스로를 어떤 사람이라고 생각해? 미국인? 아니면 한국인?"

나는 순간, 뭐라고 말해야 할지 생각이 안 났다. 어쩌면 둘 다 아닌 것도 같았으니까.

'인생의 모든 것은 유치원에서 배운다'는 말이 있다. 그런데 내가 오렌지 유치원에 입학한 건 열여섯 살 때였다. 나를 찾아온 테디도 오렌지 유치원 출신이었고. 우리는 미국에서 10대의 나이에 그 유치원을 다녔다.

하지만 내 인생의 시작은 이태원, 그리고 이태원을 둘러싼 언덕 보광동이었다. 나는 보광동에서 태어나 보통 애들처럼 중학교를 다녔다. 아침에 졸린 눈을 비비며 학교 가고, 학교 갔다 빨리 게임할 생각에 서둘러 하교하고, 뭐 그런 생활. 물론 혼자 다니지는 않았다. 나와 함께 하는 보광동 7인방이 있었으니까. 학교 끝나고 보광동 언덕에 오르면 어느새 그 친구들과 함께였다.

남자 셋, 여자 셋. 거의 방바닥에서 기어 다니던 시절부터 알던 동네 친구들. 나에게는 어렸을 때부터 그 친구들이 있어 새로운 친구들을 사귈 마음은 별로 없었다. 나보다 두 살 많은 누나처럼 타고난 '인싸'가 아니니까.

나는 학교에선 늘 말이 없었다. 그래서였나? 중학교 2학년 때 학교 짱이 심심했는지 가만히 있는 나를 건드렸다. 나는 아무 말도 안 했다. 그러자 녀석이 계속 시비를 걸었다.

"넌 왜, 늘 말이 없냐?"

"그냥 뭐, 별로."

녀석이 신고 있던 양말을 벗어서는 돌돌 말아 내 입에 억지로 쑤셔 넣었다. 그래도 나는 말이 없었다.

'넌 아무것도 아니야, 개자식아. 넌 네 발밑에서 애들이 설설기는 거 같지? 근데 그거 아니야. 다들 언젠가 네가 깔아 뭉개지기를 기다리고 있는 거라고. 그때 다들 비웃으려고.'

물론 그렇게 말은 안 했다. 그저 물고 있던 양말을 내뱉었을 뿐.

무서워서가 아니라 귀찮아서.

마침 쉬는 시간이 끝났다. 머쓱해진 짱은 침 묻은 양말로 내 머리를 툭툭 친 다음, 다시 자기 자리로 돌아갔다.

지금 생각하면 그 시절의 나는 학교에서 말 없는 의자처럼 보이지 않았을까? 사내새끼들은 거칠어서 가끔 아무 이유 없이 의자를 걷어차곤 하니까. 그건 인정. 맞은 다음 '내가 뭘 잘못했지?'가 아니라 '내가 의자였군' 하고 생각하면 마음이 좀 편하기도 하고. 또 그렇게 말을 안 하다 보니 나중에는 말하는 게 자꾸 귀찮아졌다.

짱이 말을 걸 때만이 아니라, 선생님이 말을 걸 때도 마찬가지.

"이태조, 거기 영어 교과서 16쪽 두 번째 줄부터 읽어 봐."

나는 영어를 잘하는 편은 아니었다.

게다가 남들 앞에서 소리 내서 말하는 건 더 힘들었고.

하지만 남학교에서 입 꾹 닫은 애들은 원래 많은 거잖아?

게다가 그때 나는 왼쪽 어금니가 누워 있어서 교정 중이었다. 모르는 사람 앞에서 입을 벌리기가 싫었다. 하지만 솔직히 '찐따'

까지는 아니었다. 그냥 무리의 '인싸'가 아니고 공부짱, 싸움짱이 아니었을 뿐.

그래도 애들 사이에서 인정은 받았다. 키가 좀 작아서 농구는 약했지만, 배구나 축구는 잘했다. 발이 엄청 빨라 가지고. 남학교에서 운동을 좀 하면 그래도 중간은 갔다. 체육 시간에는 말 없는 존재감을 보였다고나 할까.

더 솔직히 말하면 말도 잘할 수는 있었는데, 입을 열기가 싫었다. 그래, 입을 열기 귀찮았다. 솔직히, 그냥 수다 떠는 거보다 입 꾹 닫고 게임하는 게 더 좋았다. 아니면 입 꾹 닫고 책을 읽거나. 가끔 나는 사람하고 말하는 것보다 책하고 말하는 게 더 좋았던 사람이니까. 의자와 책, 뭐 나름 괜찮은 조합이었다고 생각한다. 물론 의자에 앉아서 책을 읽는 학생이 전부 공부를 잘하는 건 아니었다.

당연히 선생님들은 말 없고 공부 잘하는 애들을 좋아하지, 말 없고 의자 같은 애들은 그냥 유령 취급이었다. 설령 그 애가 책을 좋아한다고 해도 그게 눈에 띌 리 없기에.

그 시절 나를 관심 있게 봐 준 선생님은 고등학교 1학년 때 딱 한 분이었다. 재떨이 냄새를 풍기는 늙은 역사 선생이었다. 고등학교 들어와서 선생님 중 처음으로 나를 지목했다.

"이태조? 누구냐, 손들어 봐."

딴생각에 빠져 있던 나는 옆자리의 짝이 툭 치는 바람에 그제야 정신을 차렸다.

"왜?"

"야, 너."

나는 천천히 손을 들었다.

"인마, 네가 이성계냐?"

"아니, 이태조인데요."

"아버님이 무슨 뜻이 있어서 이름을 그렇게 지었냐?"

"…… 잘 모르겠는데요."

역사 선생님은 나를 빤히 쳐다봤다.

"조선시대 왕 이름은 다 외우냐?"

나는 고개를 끄덕였다. 덤덤하게.

그 정도야.

역사 선생은 고려시대 왕도 물어봤다.

그 정도야.

신라부터 삼국시대도.

뭐, 그 정도야!

"넌 꿈이 사학자냐?"

"아닌데요."

물론 역사를 무척 좋아하기는 했다.

역사는 권력과 권력 사이의 다툼이니까. 거기에는 또 피바람 부는 적과 적 사이의 전투도 있었다. 거대한 땅따먹기 게임, 그건 모든 판타지의 기본이니까. 권력 다툼과 피 흘리는 전투가 어우러진 환상적인 스펙터클의 조합. 그때는 내가 좋아하는 게임이나 판타지 소설과 역사가 비슷하게 느껴졌다.

"역사는 좋아하냐?"

"네."

좋아하는 거는 좋아한다. 당연한 거잖아?

왜 싫어하는 거를 좋아해야 해?

그건 그때 이해를 못 했다.

하지만 나중에 이해하게 되었다. 싫어하는 걸 좋아하는 척해야 어른이 된다는 거. 싫어하는 걸 딛고 인정받기 위해 머리통에 스팀이 날 때까지 달리는 사람도 있다는 거. 그들 때문에 역사가 바뀐다. 위인전에도 그런 사람만 올라간다.

그런데 어……, 나는 그런 종류의 인간은 아니었던 거지.

그때는 그걸 몰랐지만.

힘든 일이지.

아직 스무 살도 안 된 놈이 어떻게 자기 성격이 이러이러하다고 확실하게 말할 수 있을까? 수학 문제 하나 풀기도 어려운 나이에.

그건 아니잖아?

진심, 아니잖아?

근데 나도 다른 종류의 인간이 되어 보려고 한 번 노력했던 적이 있었다. 2006년 여름에 오렌지 유치원에 입학하면서부터.

"이태조, 너 혹시 역사 공부 좀 더 해 볼 생각 있어?"

나는 그때 역사 선생님에게 어떻게 말해야 할지 잠깐 고민했다. 다만 딱히 거짓말을 할 이유는 못 느꼈다. 그래서 이번에는 입을 꾹 닫는 대신 간단하게 대답했다.

"그건 좀 어려워요. 어디 가야 해서."

"어딜 가는데?"

"미국이요."

LA행 비행기

우리 가족은 내가 열여섯, 고등학교 1학년 여름에 미국으로 가기로 결정했다. 어느 날 눈을 떠 보니 진짜 그날이었다.

뭐지, 진짜 미국으로 가네?

현실감 없던 미래가 갑자기 현실로 들이닥친 아침이었다. 그냥 잠이 덜 깨서 그런 기분이 들었는지도 모르겠다.

나는 방문을 열고 짐을 싸는 누나와 엄마를 멍하니 바라보았다.

“너도 그만 정신 차리고 빨리 준비해.”

누나 이태리는 벌써 트렁크 두 개를 싸 놓은 상태였다.

나는 졸린 눈을 비비고는 다시 하품을 했다. 그러자 모친께서 갑자기 내 귀를 잡아당겼다.

"태조야, 네 짐은 네가 싸는 거야. 빨리 시작해."

나는 좀 시무룩한 기분이 들었다. 초등학교 때부터 가지고 놀던 게임기를 모친이 나 몰래 버려 버렸으니까. 사람이 미국에서 새롭게 시작하려면 좀 달라져야 한다나. 그래도 그건 좀 내 인생의 팔 할을 버리는 기분이었다.

아, 미춰버리겠네.

"아, 아직 비행기 시간 한참 남았잖아?"

내가 투덜거리자 이태리가 한숨을 내쉬었다.

"야, 애늙은이처럼 그러고 있지 말고 빨리 짐 싸. 네가 무슨 태조 왕건이야? 어디서 뒷짐을 지고 있어? 비행기 타는 게 무슨 서울역 가서 기차 타는 건 줄 알아?"

아, 다른가?

달랐다.

나는 몰랐다. 세상에 태어나서 처음 타 본 비행기가 미국 이민행 비행기였으니까.

모친, 이태리, 나 이태조는 점심 무렵에 인천공항에 도착했다. 인천공항엔 처음 가 보았는데 그때 잠깐 기분이 좋았다. 뭔가 출정하는 기분이 들었다고나 할까? 물론 정신없이 수속을 밟아야 해서 그 다음 일은 기억이 잘 안 나지만.

어떻게 하다 보니 우리는 어느새 비행기 안에 앉아 있었다.

생각보다 좌석이 꽤 답답했다. 이렇게 몇 시간이나 끌려가면서 한국에서 LA까지 가는 거라고? 아, 이건 좀 진심 피곤하잖아.

그때 곧 비행기가 떠난다는 걸 알리는 방송이 나왔다. 한국말로 그리고 영어로. 그때 옆에 앉아 있던 이태리가 내 팔을 쿡 찔렀다.

"너, 지금 나오는 말 알아듣지?"

"아, 씨. 내가 그걸 어떻게 알아들어?"

"넌 영어회화 학원 두 달이나 다녔잖아. 그 정도는 해야 하는 거 아니야?"

중학교 3학년 졸업 후 고등학교에 들어가기 전까지 나는 종로의 한 영어회화 학원에 다녔다. 미국에 가기 전에 회화의 기본을 익혀 두기 위해서. 이태리는 그때 이미 고등학교 2학년이라 따로 시간을 빼서 영어회화를 배울 시간이 없었걸랑.

"하, 이태리 네가 다녀 봐라. 그렇게 되나."

나는 그렇게 말하고 눈을 감았다. 속이 좀 불편한 기분이었는데 왜 그런지는 설명하기 어려웠다. 멀미도 아니고 설레는 것도 아니었다. 그냥 머릿속에서 블랙홀 같은 게 생성되는 기분이었다.

그때 다시 이태리가 내 옆구리를 찔렀다.

"학원에서 뭐 배웠는데, 그때?"

나는 딱 세 마디 했다.

"헬로, 하이, 바이바이."

"야, 그건 나도 한다. 혀도 좀 굴려서."

"으, 끔찍해."

"뭐가?"

영어를 따라 하는 원숭이가 된 것 같은 기분이라고 설명해야 했나?

뭔가 적절한 말이 생각나지 않았다. 그때의 엿 같은 기분을 이태리에게 알게 하고 싶지도 않았다. 정작 한국을 떠나는 날에, 좋은 기억만 가지고 떠나는 게 좋을 테니까.

지금 생각하면 그때 한국의 영어학원에서 배운 건 영어의 쌀겨 같은 거였다. 영어라는 쌀을 맛보기가 힘든 때였으니까, 일단 쌀겨를 씹어 보는 느낌? 그런 말투, 회화, 제스처? 그 모든 게 나하고는 맞지 않았다.

게다가 학원은 엄청나게 추웠다. 그 춥고 작은 강의실에 앉아

할아버지부터 대학생 형, 누나들까지 학원 강사의 영어를 따라 했다. 영어 병아리 농장의 햇병아리들처럼. 삐약, 헬로, 삐약, 하와~유, 삐야야악, 바이바이. 그 수강생들과의 기억은 잘 나지 않았다.

아, 그래. 그때 전지현 헤어스타일의 예쁜 대학생 누나가 귀엽게 생겼다며 ABC 초콜릿을 하나 건네줬던 기억은 나네.

"우와, 진짜 고마워요. 누나는 어느 대학 다녀요?"

이렇게 넉살 좋게 말은 못 했다.

누누이 강조하지만 그때까지 나는 말하는 걸 귀찮아하는 성격이었다. 거기다 낯선 사람이 눈앞에 있으면, 순간 숨이 턱 막힐 때도 있었다. 심장이 막 풍선처럼 부풀어 오르면서 목구멍까지 올라오는 기분이랄까?

그러다 괜히 얼굴만 빨개지고.

그래도 딱 두 마디는 했다.

'감사…….'

'합니다'는 마른 침과 함께 목젖으로 넘어갔고.

대학생 누나는 '요즘 애들은 왜 이렇게 말이 짧지?' 이런 눈빛이었다. 그러고는 나를 피해 다시 자리로 돌아갔다.

그 외에 다른 기억은 없었다. 학원 강사는 가끔 자기가 미국에 공부하러 갔을 때 썰을 풀어 주기는 했는데, 뭐 별로 귀에 들어오지도 않았다. 새끼손가락으로 귀지나 팠나, 그랬을 거다. 입으로는 하와 유, 파인 탱큐, 뭐 이런 거 따라 하는데 머릿속으로 나는 날아가고 있었다. 그를 만나러. 어두운 세상 속으로.

수업이 지루해지면 나는 판타지의 세계로 날아갔다. 하필 또 거기가 미국 중서부의 좀비가 창궐하는 도시, 라쿤시티였다. 학원 강의가 지루해질 때마다 순간 나는 잠깐씩 〈바이오하자드〉 게임 속으로 스윽 들어갔다 나왔다. 그러면 강의 끝.

두 달 치 강의를 듣고 내가 배운 건 아무것도 없었다. 집에 돌아가면 〈바이오하자드〉 게임을 했다. 그래도 마지막 날에는 집에 돌아가기 전에 세운상가에 들러서 전자사전을 샀다. 이거라도 들고 있어야 미국에서 망하지 않겠다 싶어서.

아, 혹시 내가 가는 곳도 라쿤시티 같은 곳은 아닐까?

마침 비행기가 움직일 시간이라 나는 건너편 자리의 모친을 바라보았다.

모친은 이태원에서 10년 넘게 옷 도매상을 했다. 힙합 스타일의 옷을 파는 가게로 일본이나 홍콩 도매상들 사이에서 꽤 유명한 곳이었다. 국내에 거주하는 흑인들도 많이 찾아왔다. 한창 장사가 잘될 때는 한국만이 아니라 중국에도 공장이 있었다. 그 때문에 모친은 여러 차례 비행기를 탔다. 하지만 비행기가 이륙할 때마다 늘 숨이 막혀 온다고 했다.

"엄마."

나는 나지막하게 이태리 옆에 앉은 모친을 불렀다. 모친이 긴장한 얼굴로 나를 바라보았다. 그 순간 나는 내가 물어 보고 싶던 걸 묻지 않았다.

우리가 가는 곳이 미국 중서부냐고 물으려고 했는데, 그 말을 할 분위기는 아니어 가지고. 모친의 그런 얼굴은 처음 보았으니까. 하지만 나는 모친이 설명하지 않아도 그 얼굴이 어떤 건지 알고 있었다.

내가 긴장해서 온몸이 굳어 버릴 것 같을 때, 나도 그런 표정이 나오니까.

"괜찮겠…… 지?"

내 말에 모친이 억지로 웃고는 고개를 끄덕였다.

"그럼, 괜찮지."

그러더니 모친의 굳은 얼굴이 이내 달라졌다. 엄한 표정으로.

"너, 그때 학원에서 두 달 동안 뭐 좀 배웠어?"

"그냥 인사하고 말하는 거."

"야, 그거면 돼. 엄마도 학원 하나 안 다니고, 이태원 시장에서 그냥 인사하고 말하는 거부터 시작해서 옷 팔고 그랬어."

그때 갑자기 비행기가 요란한 속도를 내며 달리더니 어느새 하늘로 날아올랐다. 그렇게 나는 열여섯 살 때까지 살아온 한국 땅 밖으로 날아가 버렸다.

사실 한국에서 모친은 10년 가까이 옷장사로 큰돈을 모았다. 당연히 집에 있을 시간이 거의 없었다. 그때는 IMF라고, 우리나라가 쫄딱 망할 뻔한 시절이었다. 하지만 반대로 한국의 별천지 이태원은 호경기였다. 일본인들이 한국에 와서 짭 명품이며 여러 옷들을 사 갔다. 그 기회에 모친은 악착같이 공장을 돌리고 옷을 팔아 이태원의 알부자는 아니고 메추리알 부자 정도는 될 수 있었다. 그리고 이태원 호경기가 시들해질 때쯤 모친은 과감하게 장사를 때려치웠다. 그 후, 몇 년을 고민하면서 새로운 계획을 짰다.

미국식 옷을 파는 것이 아니라 진짜 미국에 가기로.

모친의 인생관에 따르면 '사람은 큰물에서 놀아야 한다'고 했다. 모친은 시골에서 땡전 한 푼 없는 집에서 태어나 서울로 올라왔다. 이후 평화시장에서 옷을 만들다가 이태원 메추리알 부자가 됐다. 모친은 자식들에게 그 기회를 주고 싶다고 했다. 이태원이 아닌 더 넓은 미국으로. 그러기 위해서는 한국에서 모은 재산을 탈탈 털어야 했지만.

긴 비행시간 동안 나는 자다 깨다, 자다 깨다를 반복했다. 그 사이 한국을 떠올리진 않았다. 그렇게 거대한 한 국가가 생각나고 마음속에 무궁무궁 무궁화가 피어날 리가 없잖아? 더구나 미국에 십 년 동안 산 것도 아니고 미국으로 처음 날아가는 중인데. 그때는 그냥 내가 살았던 동네, 이태원과 보광동이 떠올랐다. 보광동의 골목들과 거기서 뛰어놀던 친구들.

이태리는 동네 친구들, 학교 친구들 나눠어서 거의 일주일 동안 파티하고 난리도 아니었다. 나는 미국으로 떠나기 사흘 전에 친구들과 만나 그냥 나 미국 간다, 이러고 말았다. 친구들도 잘 가! 이러고 끝.

그때 나는 친구들과 방학 때마다 만날 수 있을 거라 생각했다. 더구나 그렇게 긴 이별일 거라는 건 짐작조차 못했다.

마지막으로 친구들과 만났던 날이었다. 그날 좀 이상한 일이 있었다. 내 기준에서는.

노을이 지고 보광동 언덕을 올라가서 이태원 쪽에 있는 집으로 돌아가던 때였다. 7인방 친구들은 하나둘씩 사라졌다. 남아 있는 아이는 우리 7인방 중 한 명인 민희였다. 생각해 보니 민희는 우사단로 쪽으로 올라가야 했다. 그런데 이상하게 나랑 같이 걷고 있었다. 우리 발걸음은 점점 어색해지고.

"너, 왜 이쪽으로 와?"

내가 묻자 민희가 어색하게 말했다.

"이태원 쪽에서 뭐 살 거 있어서."

"그럼 버스 탈 걸 그랬나?"

버스 정류장을 지나치며 내가 말했다.

"아니, 그냥 걸어 갈래."

이태원 언덕 쪽으로 내려갈 때쯤 민희가 옆으로 더 가까이 다가왔다.

'왜 얘가 나한테 몸이 기울어지지? 지진이 났나?'

하여간에 이렇게 단둘이서만 붙어 있던 적은 거의 없었다. 나도 모르게 심장이 쿵쿵거렸다.

"태조야, 사실은 나, 너 좋아한다. 너 몰랐지?"

나는 그 말을 듣고 걸음을 멈추었다. 머릿속에 여러 가지 생각이 빠르게 스쳐 갔는데, 내 입에서 나온 말은 의외였다.

"나? 나를 왜 좋아해?"

민희가 잠시 황당한 표정을 짓다가 웃어 버렸다.

"대답이 그거야?"

"아, 미안해……. 근데 왜 나를 좋아하는지 모르겠네. 나는 진짜 아무것도 아닌데."

키도 작고, 눈도 작고, 마르고, 말주변도 없고……. 친한 친구들은 애늙은이 같다고 하고.

"그건 네가 찾아봐."

머릿속이 더 복잡해졌다. 하지만 진짜 근사한 대답을 하고 싶어졌다. 그게 남자다운 예의라고 생각했다.

"내가 방학 때 돌아오면……."

"넌 안 올 거야. 이제 우리들도 잊겠지."

나는 처음으로 민희의 웃는 모습이 예쁘다고 생각했다. 되게까지는 아니고 라떼 위의 거품처럼 달달하게.

"근데 말은 하고 싶었어. 다른 애들한테 소문은 내지 마."

민희가 작은 소리로 말했다.

"내가 너 좋아한 거, 그건 진짜 비밀이니까. 그리고 내가 너 좋아한 거는 네가 다른 남자애들처럼 떠벌이가 아니라서 그래. 그럼, 안녕."

그렇게 말하고 민희는 우사단로 쪽 언덕으로 서둘러 올라갔다.

나는 잠시 그 뒤를 쫓아가야 하나, 말아야 하나 하다가 그대로 그 자리에 서 있었다.

처음으로 누군가 나를 좋아한다는 말을 해줬다. 그건 되게 기분 좋은 동시에 무서운 일이었다. 그냥 그대로의 내가 아니라, 누군가가 좋아하는 내 모습을 상대에게 보여 줘야 하는 거니까.

그렇지 않나?

더구나…….

나는 떠벌인데. 사람들에게 말만 하지 않을 뿐. 머릿속으로는 혼자서 주절주절 늘 떠들어 대는데.

그때 누군가 내 어깨를 툭 치고 지나갔다.

학교 선배였는데 나하고 그렇게 친한 형은 아니었다. 내 친구 중 한 명하고 이웃이라, 나도 볼 기회는 많았다. 근데 그렇지 않아도 워낙에 유명했다. 싸이월드 얼짱 설우석 닮은 걸로. 그래서 별명이 '설익은 우석'이었다. 그 형 보러 용산구의 여학생들이 우리 학교 앞에 얼쩡거리고 그랬다.

"넌 인사도 안 하냐?"

"아, 안녕하세요."

"너 왜 그렇게 멍 때리고 있냐?"

"아……, 저 미국 이민 가거든요. 그래서 좀 심란."

그 형은 오호, 하는 표정을 짓더니 고개를 끄덕였다. 그러더니 반쯤 진지한 얼굴로 가까이 다가왔다. 그러고선 뜬금없이 귓속말 비슷하게 속삭였다.

"태조야, 다른 건 모르겠는데 일단 미국 가면 한국 애들 말고 미국 애들하고 친해져. 그냥 친해져서 놀기만 하면 돼. 그러면 거기서 살 수 있는 거야. 알았지? 친해지면 끝이야."

아하하, 시크하기도 하셔라.

설우석 닮은 형은 씩 웃고는 다시 언덕으로 내려갔다. 형은 몰랐다. 나 같은 놈은 남들하고 친해지는 게, 그게 그렇게 쉬운 게 아니었으니까. 하지만 세상에 쉬운 명제는 없었다. 학원에서 배운 영어는 하나도 기억이 나지 않았다. 근데 그때 그 안 친한데 잘생긴 형이 한 말은 기억에 남았다. 그건 내가 열여섯에 처음 들은 인생의 명언이었다.

"친해지면 끝."

진짜 미국

내가 상상한 미국의 고교 생활은 이런 거였다. 뭐, 미국에 대한 환상은 별로 없었지만 헤이, 요! 이런 느낌?

길거리에서 탕탕 농구공 튕기면서 젊은 애들 서넛이 농구를 한다. 그러다 덩크슛 성공 후 호기롭게 손을 한번 잡는 거야. 갑자기 막 랩 지껄일 것 같고 이런 씨발 발랄한 분위기.

반면 이태리는 미국 고등학생, 하면 라이언 필립이 떠오른다고 했다. 이태리가 친구들하고 가장 먼저 봤던 19금 영화가 라이언 필립이 나오는 〈사랑보다 아름다운 유혹〉이라면서. "그게 미국 맨해튼 상류층 고등학생 이야기라는데 왜 19금이지?"라고 내가 묻자 이태리는 간단하게 "알 거 없어"라고 대답했다.

"왜?"

"네가 사랑을 아니? 야동이나 쳐 보면서."

"야, 꺼져."

그게 비행기가 미국에 도착하기 전, 우리가 나눈 대화였다.

엄마는 잠시 잠들어 있었고.

사실 나는 그 영화 제목도 이해는 잘 안 갔다.

어떻게 사랑보다 유혹이 더 아름다울 수가 있나? 사실 사랑이 어떤 거고, 유혹이 어떤 건지 단어는 안다. 하지만 그 느낌이 어떤 건지는 알 수 없었다. 사랑도 못 해보고, 유혹도 안 해봐서.

그래서 그 시절 내게 '사랑'과 '유혹'은 '미국'이란 단어와 비슷하기도 했다. 미국, 아메리카가 어떤 건지는 아는데 그게 어떤 느낌인지 몰랐으니까.

사실 상상을 해보기는 했는데, 그때는 그냥 거대한 이태원 같은 느낌이라고 생각했다. 주말에 이태원 버거킹만 가도 미국 G.I부터 미국 흑인, 아프리카 흑인, 아랍인, 터키인, 동남 아시안 등 수많은 외국인들이 앉아 있었다.

미국은 어쩌면 그 버거킹보다 더 거대한 버거버거킹킹킹?

하지만 비행기가 LA 공항 활주로에 쿵, 도착하니 심장이 쿵

떨어지는 기분이 들었다. 미국은 그렇게 나를 떨게 했다. 하지만 공항에서 빠져나올 때까지도 여기가 미국인지 아닌지 뭐 제대로 실감은 안 나는 상황이었다.

공항 밖으로 나오니 지프차 한 대가 유유히 우리에게 다가왔다. 거기서 흑인 아저씨가 내렸다. 그러면서 모친하고 반갑게 포옹한 후 영어로 떠들었다.

모친이 나하고 이태리를 소개하자 그 흑인 아저씨가 반갑게 인사했다. 모친께서 알려 줬는데 그 흑인, 토마스는 우리 가게의 단골 미군이었다고 한다. 내면은 힙합인데, 외면은 GI 병사였다. LA 갱스터 출신은 아니었다. LA에 나름 안착한 중산층 가정 흑인이라고 했다. 그래서 한국에서 모친이 이민 이야기를 꺼낼 때 적극 도와줬다고 했다.

우리는 토마스의 차를 타고 공항을 빠져나가 고속도로를 달렸다. 10분, 20분 넘게.

"우리 LA에서 사는 거 맞아?"

이태리가 물었다.

"아니, LA에서 더 남쪽으로 내려가."

모친의 말씀이 그랬다.

"뭐야, LA라고 했잖아."

이태리가 분노했다.

"야, 누가 수도권 산다고 하니. 다 서울 산다고 하지."

가만히 있던 내가 물었다.

"거기 이름은 뭔데?"

"어륀지."

한국말을 알아들은 토마스가 말했다.

"쥐?"

이태리가 되묻자 모친께서 한국식으로 끊어 말했다.

"오, 렌, 지."

"무슨 동네 이름이 그래? 한국에서도 제주도를 감귤도라고 하지는 않는데."

이태리가 투덜거렸다.

하여간에 오렌지는 생각보다 멀지 않았다.

알고 보니 LA 아래는 다 '오렌지카운티'라 불리는 지역이었다. 그곳에 여러 도시들이 또 있는데, 우리가 갈 곳은 그냥 심플하게 오렌지였다. 오렌지카운티 안에 있는 오렌지. 옛날에 오렌지 농사를 많이 지었다는 설도 있는 시골 마을이었다. 물론 우리가 도착했을 때는 그곳도 미국의 교외 신도시로 개발 중이었다. 한국의 분당이나 일산처럼. 하지만 시골처럼 적막한 분위기도 곳곳에 남아 있던 도시였다. 차창 밖으로 보이는 허허벌판만이 그걸 증명하고 있었다. 그 허허벌판을 지나 우리 가족은 컨테이너 박스가 여러 개 붙어 있는 듯한 미국식 모텔 앞에서 멈췄다.

"여기야? 이렇게 살아? 한국에서 우리, 그래도 좀 살았는데 이 정도야?"

모친이 이태리를 힐끔 쳐다봤다.

"아직 집 못 구했어. 일단 너희 입학할 학교부터 알아 본 다음 그 근처에 집을 구할 거라서."

나는 아무 말도 하지 않았다. 일단은 너무 졸렸다. 눈꺼풀이 10킬로그램짜리 덤벨 같았다.

"미국 다람쥐는 스컹크를 닮았네. 크고 까맣다."

잠에서 깬 나는 소파에 누운 채 창밖을 바라보며 혼잣말을 했다.

그때 이태리가 내 머리를 툭 치고 지나갔다.

"저거 청설모야. 한국에도 있어."

"누나가 그런 것도 알아?"

"한국에 있을 때 남산 올라갔다가 봤어."

한국에 있을 때라……. 맞다, 여긴 미국이었지.

"뭐, 나는 한국에서 청설모를 본 적 없으니까. 나한테 청설모는 미국 다람쥐야."

나는 그렇게 말하고 하품을 했다.

"넌 진짜 마음도 편하다. 어떻게 오자마자 곯아떨어져?"

이태리가 내 옆에 앉아서 물었다.

"누난 어떤데?"

"짜증 나잖아. 미국에 와서 이게 뭔데? 화려한 시내 구경도 한 번 못 하고."

"그래? 난 미국이 어떨지 큰 기대가 없어 가지고."

"사람이 아니라 인간 트렁크 하나 들고 온 거 같다."

이태리는 내 귀를 트렁크 손잡이처럼 잡아당기고는 싱크대 쪽으로 갔다.

"엄마는?"

"토마스 아저씨하고 장 보러. 슈퍼마켓까지 차로 15분은 가야 한대."

"뭐야, 뭐가 그렇게 멀어. 근처에 편의점 없대? 컵라면 먹고 싶다."

이태리가 나를 한심하게 바라봤다.

"내가 벌써 물어봤지. 없대."

"와, 편의점이 없다니. 조……, 아니 지옥 같네."

우리들은 잠시 말이 없었다. 그러다가 아무 생각 없이 이런 말이 나왔다.

"아빠는 지금 우리를 걱정할까?"

"글쎄……, 잘 살 거라 생각할 거 같은데. 워낙 긍정맨이었잖아."

물론 이태리의 말투가 긍정적이지는 않았다. 오히려 좀 빈정거렸지.

모텔 근처에는 아무것도 없었다. 허허벌판 말고 창밖으로 보이는 작은 공원 하나가 전부였다. 매일 아침이면 창밖으로 보이는 나무 위에 까만 청설모가 앉아서 나를 바라보았다. 내가 미국에 가서 처음 사귄 친구는 바로 그 청설모였다.

"헬로."

청설모가 나를 봤다.

"하이."

청설모가 빤히 나를 바라보다가 달아났다.

"바이바이."

한국의 영어학원에서 배운 영어를 그렇게 청설모에게 써먹었다. 뭐, 청설모하고 아주 친해지는 것 같지는 않았다. 그러다 겨우 친해졌다 싶었는데 모친이 빨리 이삿짐을 싸라고 했다.

"우리 무슨 야반도주해?"

이태리가 투덜거렸다.

"토마스 아저씨가 더 싼 모텔을 구해 줬어. 일단 집을 구할 때까지는 그리로 가자."

우리가 옮긴 모텔 역시 허허벌판에 있었다. 그곳에는 공원도 없었다.

'보고 싶다, 청설모야.'

그냥 창밖으로 휑한 도로만 보였다. 가끔 그 도로로 거대한 트럭 같은 것들이 지나갔다.

모친께서 미국에서 운전면허를 따서는 우리가 입학할 학교를 알아보러 다니는 동안 나는 내내 낯선 모텔 안에만 있었다.

문득 한국에서 지냈던 어린 시절과도 비슷하다는 생각이 들었다. 나는 낯선 집에 남아 있고, 모친은 밖에서 일을 하느라 바빴던 세월이 길었다. 나는 첫돌 지나 초등학교를 다닐 때까지 모친의 친구 집에 맡겨졌다. 나는 주말에만 집으로 돌아왔다. 이태리는 이미 혼자서도 잘 놀 나이여서 가게나 봉제공장에 나와 있었다. 그렇게 나만 가족에서 떨어져서 자랐다. 물론 첫돌 때부터 기억이 나는 건 아니고 한 다섯 살 정도부터 기억이 난다. 희미하게. 눈을 뜨면 이 집이 내 집인지, 아니면 다른 집인지 늘 헷갈렸던 기억이 난다. 웅크린 새끼 고양이처럼 그렇게 누워 있었던 것 같다. 그리고 그때 열여섯의 나는 미국인지 서양 깡촌인지 모르는 상황에 놓여 있었다. 모텔에 거주하는 내내 나나 이태리는 이게 정녕 미국이냐며 투덜거렸으니까.

스마트폰이 없던 시절인 데다, 아예 휴대폰도 개통하기 전이었다. 그 동네에서는 싸이월드에 접속할 만한 PC방도 없었다. 나는 창밖으로 보이는 허허벌판이 〈바이오하자드〉의 라쿤시티와 비슷할 거라는 생각이 들었다.

지루하게 지내던 어느 날, 나는 결심했다. 노트와 볼펜을 꺼냈다. 그리고 창밖으로 보이는 허허벌판의 도로에 대해 끼적이기 시작했다. 그렇게 그곳에 도착한 특수부대 요원들의 이야기를 썼다. 라쿤시티가 아닌 오렌지시티의 〈바이오하자드〉를.

라쿤시티의 좀비들은 사라졌다. 하지만 오렌지시티의 모텔에서 또다시 위험한 일이 일어났다. 저벅저벅. 특공대원들은 비밀리에 이 도시에 들어갔다. 아무것도 없는 휑한 벌판을, 광야를 걸어가듯 걷다 보니 낡은 모텔이 있었다. 그들은 조심스럽게 그 안으로 발걸음을 옮겼다.

'이 모텔 안에서 무슨 일이 벌어지고 있는지 아는 사람은 아무도 없어.'

그때 복도에서 쿵쿵거리는 발소리가 들려왔다.

"그래, 좀비의 발소리군."

발걸음 소리가 멈추더니, 곧바로 문이 열렸다.

"얘들아, 너희 들어갈 학교 정했다. 진짜 좋은 학교야. 아주 으리으리해."

모친께서 밝은 표정으로 말했다.

사립학교와 유치원

우리가 입학 면접을 볼 학교는 오렌지 중심가에 있었다. 이태리 누나는 학교 건물을 보자 멋지다고 연신 환호했다. 그러나 학교 안으로 들어가자마자 나나 이태리나 알 수 없는 긴장감에 얼어붙어 버렸다. 군복 입은 G.I가 아니라 교복 입은 내 또래 백인들은 처음 보았으니까. 나하고 이태리는 젤리에 굳혀 놓은 인간처럼 겨우 발만 움직여 교장실까지 걸어갔다.

"어때?"

이태리가 작은 소리로 물었다.

"어, 뭔가 호그와트(《해리 포터》 시리즈에 나오는 마법 학교—편집

자주) 안에 들어온 거 같아."

"야, 진짜 너, 한심하다."

그때 모친께서 우리 둘을 바라봤다.

"여긴 한국 애들도 많이 다닌대. 그러니까 외롭지는 않을 거야."

면접은 시험이나 이런 건 아니었다. 그냥 나하고 이태리가 영어를 어느 정도 할 수 있는지, 그 정도만 물어봤다. 결과는 이러했다. 나는 입학 가능. 이태리는 입학 불가.

똑같이 영어를 못해도 나는 9월에 미국식 새 학기가 되면 9학년부터 다닐 수 있었다. 미국에서 9학년은 우리나라에선 중학교 3학년이지만, 한국에서의 고등학교 1학년과 같았다. 미국에서는 고등학교 과정이 9, 10, 11, 12학년까지 4년이니까.

내 입장에서는 1년 접고 시작하지만 심하게 억울하지는 않았다. 어차피 빠른년생이어서, 뭐 나하고 똑같은 해에 태어난 애들하고 다니는 거나 마찬가지니까.

다만 이태리는 학교에 입학하자마자 11학년으로 시작해서 대학입시를 준비해야 하는 상황이었다. 그런데 한국에서 아무런 대비도 없이 온 거나 마찬가지였다. 그래서 학교 측은 겨우 2년 동안 학교에 다닐 학생을 위해서 입학을 허가하기는 어렵다고 했다.

모친이 그 말을 전하자 이태리는 결국 울음을 터뜨렸다. 그러다가 나를 흘겨 봤다.

"넌 좋겠다. 여기 다닐 수 있어서."

"좋을 것까지는."

솔직히 나는 어느 학교든 상관없었다. 미국까지 왔다고 고등학교에서 마법을 배울 것도 아니잖아? 이 학교가 그렇게까지 좋은 건 아니었다.

"교복 진짜 예뻤는데……."

모친이 이태리의 머리를 쓰다듬고는 우리에게 말했다.

"내 새끼들. 걱정 마. 대신 여기 학교에서 새 학교를 추천해 줬어. 거기는 이태리도 받아줄 거래. 한국 애들도 여럿 다니고 있어. 문제는……."

두 학교의 거리에 있었다.

나한테 문을 열어 준 학교는 오렌지 중심가에 있었다. 이곳에서 추천해 준 또 다른 사립학교는 오렌지의 동쪽 끝에 가까웠다. 모친은 학교에서 멀지 않은 곳에 집을 구할 계획이었다. 또, 9월에 새 학기가 시작되면 당분간은 나하고 누나를 차로 데려다줘야 했다. 오렌지에는 지하철도 없고, 버스는 뭐 '가뭄에 콩 나듯' 다니는 수준이었다.

이게 미국이라니! 아메리칸 드림은 어디 갔어? 겨우 교통 때문에 학교를 선택해야 할 입장에 놓였다니!

사실 나는 아무래도 좋았다.

양보의 미덕, 이런 건 절대 아니고.

뭐랄까, 일단 나는 확고한 꿈을 꾸고 미국에 온 게 아니잖아?

내가 무슨 아이비리그 가서 미국 사회의 성공한 유학생이 되어서 금의환향, 이런 게 아니니까. 나는 그냥 어어어, 왔는데 그때도 여전히 어어어, 의 심정이었다. 앞으로도 미국에서 왓왓왓, 하며 살아갈 수밖에 없을 것 같았고.

다만 미국에서 나의 확고한 목표는 하나 있었다.

'친해지면 끝.'

근데 여기 말끔한 교복을 입고 우아하게 걷는 애들을 보니 뭔가 친해지기 어렵겠다고 느껴졌다.

"그 학교, 교복 입어요?"

내가 묻자 엄마가 고개를 갸웃거렸다.

"그건 모르겠어. 근데 여기하고는 분위기가 많이 다르대. 명문 사립고 이런 거 아니고. 원래 몇 년 전까지만 해도 유치원이었대. 교장 선생님 마인드가 10대 아이들을 자유롭게, 즐겁게 해주자는 거래."

아, 그러면 좀 친해질 수 있을 것 같았다. 유치원에서는 원래 짤랑짤랑, 으쓱으쓱하면서 다 친구하니까.

"나도 거기 갈래. 내가 양보하지 뭐."

물론 내 말을 들은 이태리나 모친이나 그리 감격한 표정은 아니었다.

일단 두 사람이 꿈꿨던 환상의 마법학교에서 쫓겨난 셈이니까. 첫 번째 아메리칸 드림이 철퍼덕.

다음 날, 모친은 나와 이태리를 데리고 오렌지 유치원으로 갔다. 오렌지 유치원은 오히려 우리가 머물던 모텔에서 그리 멀지 않은 곳에 자리했다.

'뭐야? 이거 장충체육관인데?'

처음에는 사람이 잘 다니지 않는 외진 길가에 있는 체육관인 줄 알았다. 근데 그 체육관이 바로 오렌지 유치원이라고 했다.

나는 청설모 친구를 봤을 때보다 훨씬 놀랐다. 이건 내가 상상했던 학교하고는 정말 달랐으니까.

오렌지 유치원, 아, 물론 내가 입학했던 그 학교의 진짜 이름이 오렌지 유치원은 아니었다. 하지만 이태리는 보자마자 그곳을 '오렌지 유치원'이라고 불렀다. 나도 그 별명이 딱 들어맞는다고 생각했다. 여기 온 지 두 달이 되었지만 오렌지는 나와 이태리에게 새로운 의미를 주는 곳이었다. 바로 미국 서남쪽 촌구석.

이태리는 어제와 너무 비교되는 학교 규모에 기분이 상한 눈치였다.

"일단 들어가 보자."

모친도 좀 실망한 눈치.

정문을 열고 들어가자 바로 작은 사무실 두 개가 나타났다. 한쪽은 교무실, 또 한쪽은 교장실이었다.

'뭐 이런 학교가 다 있담? 수위실이 있어야 할 곳에 교장실이 있네. 설마 교장 선생님이 수위 아저씨 역할도 하는 건가?'

교장 선생님과의 면접은 예상보다 간단하게 끝났다. 수위 아저씨 느낌은 아니었다. 마거릿 교장 선생님은 나이 든 할머니였는데, 한국에 계신 외할머니가 떠올랐다. '나이 들면 한국인이나 미국인이나 다 비슷해지는 걸까', 이런 생각을 하다 보니 한 시간이 훌쩍 지나 있었다.

나중에 알게 됐지만 이 고등학교는 유아교육으로 박사 학위를 받은 마거릿 교장 선생님의 교육 철학이 뚜렷한 사립학교였다. 유치원을 운영하다 고등학교로 바꿨지만 교육 방침은 비슷했다.

마거릿 교장 선생님은 유치원이 아이들의 사회화를 위한 교육 기관이자 아이들을 위한 놀이터라고 생각했다. 이 유치원 안에서 아이들이 선생님과 또래 친구들을 만나면서 또 하나의 가족을 만들기를 원했다. 당연히 선생님과 유치원생, 그리고 유치원생들 사이의 거리가 아주 가깝기를 바랐다. 그렇게 하려면 학교 규모가 사립유치원처럼 작을 수밖에 없었다.

교장 선생님은 우리보다는 모친하고 더 길게 이야기를 나누었다. 모친은 고개를 끄덕이면서 질문도 많이 했다. 물론 둘 다 영어로 떠들고 있으니 내 귀에는 하나도 들어올 리가 없었다.

교장 선생님은 직접 우리들에게 학교 건물 안을 안내했다. 단층 건물에 한 바퀴만 돌면 끝이었는데, 한 5분 정도 걸렸으려나? 운동장은 외부로 연결되어 있었고, 건물 중앙에는 정원이 있다고 했다. 마거릿 선생님과의 면담은 그렇게 끝났다. 결과는 뭐 둘 다 입학 가능.

"뭐래?"

교장 선생님과 헤어진 뒤 이태리가 물었다.

"둘 다 입학하라고 했잖아."

"그거 말고 아까 둘이서 길게 이야기했잖아."

모친은 잠시 한숨을 내쉬었다.

"나도 모르겠네."

"못 알아 들었어?"

내가 묻자 모친은 이상한 표정을 지었다.

"너희들은 이곳에 살러 왔으니까, 한국 유학생들하고는 좀 달랐으면 좋겠다고 그랬어."

"뭐, 어떻게?"

이번엔 내가 물었다. 유학생들이나 나나 비슷한 또래인데, 어떻게 다르게 하라는 건데?

"한국 유학생들은 이 학교를 그냥 대학에 가기 위해 거쳐가는 곳으로 생각한대. 너네는 좀 달랐으면 좋겠다고. 미국에서 살기 위해 이 학교를 즐겼으면 좋겠다, 뭐 이런 식으로 말을 하시는데, 나는 이해가 잘 안 가네. 고등학교는 원래 대학에 가기 위해 다니는 거 아니니?"

하긴 학교를 즐기기 위해 다니는 건 아니니까.

그런 건 어린이집이나 유치원에서 끝내는 거잖아.

아, 그런데 맞다. 여긴 오렌지 유치원이었지.

"그리고 또…… 교장 선생님이 나보고 억양이 특이하다고. 한국인이 아니라 LA 흑인 억양으로 영어를 한다면서 혹시 LA 슬럼가 출신 교포였냐고 물어보시더라. 그래서 한국에서 흑인들이

제일 많이 사는 곳, 이태원에서 영어를 배웠다고 그랬지, 뭐."

모친은 학교 밖으로 나가기 전에 한 번 더 둘러보라고 했다. 한 달은 더 지난 다음에나 올 테니 한 번 더 눈으로 익혀 보라는 의미였다. 이태리는 아까 긴장해서 제대로 못 봤다며 학교 내부를 한 바퀴 더 돈다고 했다. 나는 다시 뺑뺑이 돌고 싶지도 않고 숨도 막혀서 학교 건물 밖에 있다는 정원으로 나갔다.

사실 나는 피 흘리는 좀비만이 아니라 자연도 사랑했다. 그리운 친구도 보고 싶었다. 하지만 정원에 청설모는 없었다.

정원 중앙에는 교장 선생님이 말한 아기자기한 연못이 있었다. 가을이라서인지 작게 개구리 우는 소리가 들렸다.

"아, 여기서도 개구리가 우네."

혼잣말을 하면서 연못가로 다가가는데, 그때 그곳에 혼자 앉아 있던 여자아이와 눈이 마주쳤다.

나와 똑같은 검은 머리에 눈이 작은 여자애였다. 안경을 쓴 것도 나하고 똑같았고.

"어……."

인사를 하고 싶었지만 말이 나오지 않았다. 헬로, 하이, 뭐 이런 것도. 외국 애들은 보자마자 인사도 잘하던데. 미국에서 처음

친분을 텄던 청설모는 아니었지만 그래도 나와 같은 검은 머리 동양인인데.

그때 여자애가 내 쪽으로 먼저 다가왔다. 여자애는 내 옆을 스치다가 작은 소리로 말했다.

"한국 애구나?"

나는 눈을 동그랗게 떴다.

"어, 어떻게 알았어?"

"한국 남자애 땀내 나. 내 동생도 너랑 비슷한 냄새가 나."

그날 하도 긴장을 해서 겨드랑이가 계속해서 펑 젖어 있었다. 쪽팔리게.

"9월에 입학해?"

나는 겨드랑이에 코를 박다 말고 고개를 끄덕였다.

"여긴 유학생들이 공부하기 좋아. 억지로 외국 애들하고 친해질 필요도 없거든. 개인플레이하기 쉬워."

그러고 나서 여자애는 건물 안으로 돌아가려고 했다.

"어, 근데 지금 방학 아니야?"

여자애에게 물었다.

"나는 이 학교에서 유령이라 방학에도 학교에 혼자 나와. 이 학교에서 이 정원하고 제일 친하거든."

그 순간, 나는 그 여자애에게서 나와 비슷한 재질을 느꼈다. 세상 사람들을 스스로 따돌리려는 재질의 인간형.

나는 여자애가 사라지고 홀로 쪼그려 앉아 정원의 연못을 바라보았다. 초록빛이 도는 연못 물에 비친 내 얼굴은 낯설었다.

'나도 오렌지 유치원에 다니면 이 정원에서 혼자 있고 싶을까? 아, 그건 싫다. 나는 공부하러 미국에 온 게 아니잖아. 정원사가 되려고 온 것도 아니고. 미국에 살려고 왔지.'

연못에 비친 내 얼굴을 오래 들여다봤다. 지금껏 한국에서 보던 얼굴과는 달랐다. 눈코입이 그대로인데, 이상하게 낯설었다. 두 달 사이에 내 얼굴이 달라질 리는 없는데. 모텔에 있는 내내 햄버거를 많이 먹어서 배는 좀 나온 거 같지만.

그때의 기억이 아직 생생하다. 같은 얼굴인데 내가 모르는 사이에 달라져 버린, 그런 느낌. 연못에 비친 낯선 나를 덩그러니 바라보고 있는데 누군가 투덜대며 그 정적을 깼다.

이태리가 씩씩거렸다.

"진짜, 짜증 난다."

"뭐가?"

"너, 여기 있다가 나간 한국 여자애 못 봤어?"

"어, 봤는데."

"딱 봐도 한국 애 같아서 막 친해지고 싶어서 말 걸었는데, 아무 말도 안 하다가 영어로 몇 마디 뭐라 하고 먼저 가버리더라? 뭐야, 재수 없게."

오렌지 유치원 입학이 정해지자, 모친은 우리가 살 집을 구하러 다녔다. 나는 모텔에서 다시 영어 공부를 한 건 아니고, 계속해서 〈바이오하자드〉 팬픽을 썼다. 내가 그 모텔을 떠날 때까지만 해도 수십 마리의 좀비들이 이 모텔의 복도와 빈방을 오가고 있었다. 당연히 커다란 좀비견도 주둥이에서 침을 질질 흘리며 이빨을 드러내고 으르렁거렸다.

사실, 난 게임할 때 좀비는 하찮았는데, 좀비견은 좀 무서웠다. 어렸을 때, 보광동의 한 골목에서 커다란 개를 만나서 물릴 뻔한 적이 있었다. 그 개가 자꾸 떠올랐다. 나는 '오렌지에서 그렇게 큰 개를 만날 일은 없었으면 좋겠다'고 생각했다.

결국 모친은 9월이 오기 전에 오렌지에서 살 집을 구했다. 학교에서 자동차로 15분 거리에 위치한 주택단지의 작은 집이었다. 방 세 개짜리에 가구와 전자기기가 딸린 단층집이었다.

정원은 없었지만 무슨 상관? 인터넷이 되는데. 물론 메가패스 같은 속도를 기대할 수는 없었다. 미국인데 여기 오렌지만 그런 건지, 인터넷 속도도 좀비처럼 느려 터져 가지고, 에구. 그래도 나는 인터넷에 접속해서 보광동 친구들의 싸이월드를 둘러봤다. 그렇게 느린 파도타기라니. 그럼에도 불구하고 난 방명록에 일일이 글을 적으며 시간을 보냈다.

'여긴 미국, 근데 이태원이 더 미국 같음. 너희들 진짜 보고 싶다. 막 울고 싶어져서 콧구멍이 아리다.'

그런 마음의 말을 다 적지는 못했다. 인터넷 속도가 느려가지고.

첫 등교

2006년 오렌지 유치원의 9학년 프레시맨 1학기의 첫 등교날을 생각하면 아직도 등줄기가 오싹하다. 다행히 오렌지 유치원에 교복은 없었다. 아무렇게나 입으면 끝. 그런데 모친은 이게 더 고민인 눈치였다. 첫날 우리를 어떻게 입혀야 할지 고민에 고민을 거듭했으니까.

"사람은 첫인상이 중요해. 이태리 너는 네 취향대로 입으면 너무 날라리 같고."

"힙스터거든?"

이태리가 눈썹을 찡그리며 말했다.

"야, 입 다물어. 이태조 너는 평소에 너무 거지발싸개 스타일. 그러니까 일단 등교 첫날은 가장 정석대로 모범생처럼 입자."

그렇다고 우리가 비벌리힐스의 아이들처럼 될 수는 없었다. 셔츠에 재킷을 입고 단정한 바지 차림으로 모친의 차에 올랐을 뿐.

"이렇게 입으니까 내 새끼들 너무 모범생 같아 보인다. 미국에선 좀 다르게 살자, 알았지?"

"엄마, 그렇다고 우리가 한국에서 개판으로 살진 않았어."

이태리가 투덜거렸다.

그러거나 말거나 모친은 운전석에 앉아 뒤를 돌아보며 흐뭇하게 웃었다. 억지로 따라 웃긴 했지만 학교 앞에 도착하자 숨이 턱턱 막혔다. 고개를 돌려 보니 이태리도 잔뜩 굳은 얼굴이었다.

"으잉, 너희들 표정이 왜 그래?"

이태리가 입을 삐쭉 내밀었다.

"아무리 봐도 마음에 안 드는 학교야."

나는 아무 말도 하지 않았다. 솔직히 익사 직전의 심정이라.

뭔가 어마어마한 과제가 기다리는 날, 그런 날은 늘 숨이 막히곤 했다. 내 안의 안테나를 총동원해야 하는 날. 심장부터 발끝까지 하나하나 작은 가시가 돋아나는 것 같은 날. 좀비견이 으르렁대는 라쿤시티의 창고에 내동댕이쳐진 것만 같은 날. 물론 무기는 하나도 없이. 샷건도 없이 믿을 건 예민한 내 감각과 두 주먹밖에 없고.

그날이 내겐 그랬다. 나도 모르게 두 주먹에 힘을 꽉 주었다. 학교에 입학하자마자 유학생들 사이에서 짱 먹을 코리안 갱스터가 될 것도 아니면서.

학교 안으로 들어가니 백인 아이와 갈색 피부의 히스패닉 애들 세 명이 복도에서 낄낄대며 뛰어놀고 있었다. 아마 두 명이 무슨 쪽지 같은 것을 빼앗았는데, 나머지 한 명이 빼앗긴 종이를 달라고 하는 것 같았다. 유치한 장난은 뭔가 동서양을 초월하는 기색이었다.

아, 그런데 이 학교에도 교복이 있기는 했다. 세 명이 다 똑같은 옷을 입고 있었거든. 펄럭이는 반바지와 목 늘어난 티셔츠. 그거는 좀 마음에 들었다. 긴장되어서 입꼬리가 떨려 제대로 미소도 못 지었지만. 그 순간, 남자애들이 나를 보고는 뭔가 자기들끼리 비웃는 눈치였다.

'뭐야, 저 새끼들 왜 저래? 기분 나빠.'

학교 사무실 앞에서 이태리는 길게 심호흡을 내쉬었다.

"동생, 살아 남자."

나는 작은 소리로 대답했다. 마음은 우렁차게 말하고 싶었지만, 숨이 막혀서.

"뭐, 죽진 않겠지."

학교 사무실 안으로 들어가니 담당 선생님이 우리를 각각 첫 수업이 진행되는 교실로 데려다주었다. 누나는 11학년, 나는 9학년 첫 수업을 시작하는 교실.

보통 우리는 전학 가면 담임 선생님이 전학생을 소개해 주기 마련이었다. 그런데 오렌지 유치원은 달랐다. 야, 너희가 알아서 각자도생해, 하는 느낌.

내가 들어 간 교실의 아이들은 나까지 달랑 7명이 전부였다.

'어, 아직 아이들이 다 안 왔나?'

백인 여자애들이 3명, 얼굴 까무잡잡한 여자애가 1명. 나중에 알고 보니 그 아이는 멕시칸이었다. 거기에 동양인 여자애 한 명, 남자애 한 명이 앉아 있었다. 나는 머뭇머뭇 빈자리로 가서 앉았다.

곱슬머리의 동양인 남자애가 입술을 삐쭉 내밀고 나를 위아래로 훑어보았다. 나보다 키는 한 뼘 더 컸는데, 얼굴은 아직 앳된 중학생 같은 꼴이었다.

"몇 살이야?"

"빠른 91."

"어, 형 좀 억울하겠다. 미국에 온 지는 몇 년?"

곱슬머리는 같은 91년생인데도 깍듯하게 내게 '형'이라고 불렀다.

"두 달."

그때 외국영화의 배경처럼 느껴지던 미국 여자애들 중 하나가 곱슬머리에게 영어로 물었다. 곱슬머리는 유창하게 영어로 대답했다. 영어로 떠드는 것만 들어도 되게 수다스러운 아이인 게 느껴졌다. 무슨 말인지는 귀에 들어오진 않았지만.

"난 초등학교 고학년 때 오렌지에 왔거든. 오렌지카운티가 안전하다고 소문이 나 가지고 이쪽 도시에 한국인 유학생 애들이 진짜 많아. 그냥 한국 애들처럼 살아도 그렇게 불편하지 않은 동네야."

곱슬머리가 작은 소리로 말했다.

"여기 먼저 다니던 형들이 그러는데 원래 미국 학교가 한국 학교보다 빡세지가 않거든. 근데 이 학교는 특히 더 그렇대. 맘만 먹으면 하고 싶은 거 다 할 수 있대."

"하고 싶은 거 다 한다고? 그게 뭐야?"

곱슬머리가 나를 빤히 쳐다봤다.

"아, 이 형 순진하구나."

"그게 뭔 소리?"

"그러니까 한국 애들끼리……, 서로 좀 돕고 사는 경우도 많아. 그런데 형, 숨 좀 쉬어. 혹시 공황장애야? 금방 쓰러질 거 같아."

그때 좀 어지럽기는 했다.

"옆에 있는 여자애들이 형 어디 아픈 거 아니냐고 그래. 얼굴이 하얗게 질려 가지고."

그때 교실로 백인 선생님이 들어왔다.

'뭐야, 벌써 수업 시작이야?'

그 다음부터는 머릿속이 암전 된 것 같은 상황이었다. 선생님이 몇 번 나에게 말을 걸었고 나는 당연히 아무 말도 못했다. 곱슬머리가 나 대신에 영어로 대답해 줬을 뿐.

첫 수업이 끝나자 나는 겨우 숨을 내쉬었다.

"지금 무슨 수업이었어? 영어? 수학? 사회?"

내가 묻자 곱슬머리가 눈을 가늘게 뜨고 대답했다.

"그냥 새 학기 소개."

"애들도 다 안 왔잖아?"

"이번 9학년 1학기는 7명이 전부래."

"여기 이 반의 학생이?"

"아니, 프레시맨 전체가. 내년에 2학기 시작하면, 그때 다른 학교에서 또 여러 명 전학 오고 그런대. 유학생들도 그때 많이 들어오고. 누나가 그러더라고. 이 학교가 원래 다른 학교에서 적응 못하는 애들이 전학 오는 경우도 많대. 뭔가 미국에서도 쉬어가는 작은 고등학교 같은 건가 봐."

나는 고개를 끄덕였다. 물론 머릿속의 내 생각은 계속 고개를 갸웃거렸지만.

'뭐지, 난 처음부터 적응을 못하고 스트레스 받고 있는데.'

"물론 나하고 누나는 공립학교는 엄두가 안 나고, 다른 사립학교는 너무 비싸서 여기로 왔어."

그러더니 곱슬머리가 자리에서 일어났다.

"형, 가자."

"어디로?"

"수업 신청하려면 서류 작성해야 해."

그러더니 씩 웃었다.

"진짜 긴장했나 보다. 사람 이름도 안 물어보고. 내 이름은 이민형이거든. 뭐, 앞으로 다른 수업 때 볼 수도 있겠지만, 우리 누나는 이민희고."

"아, 나는 태조. 이태조."

그 말을 듣자 곱슬머리가 낄낄거렸다.

"태정태세?"

나는 함께 웃지는 못했다. 더구나 민희라는 이름을 듣자 괜히 기분이 이상해졌으니까.

머릿속에 한국을 떠나기 전 함께 이태원을 걷던 민희가 떠올랐다. 동시에 그날 하나씩 사라지던 다른 친구들도 연달아 떠올랐다. 민희가 그때 내게 한 그 말도. 내가 여름방학이 오면 모두를 잊을 거라는.

'나는 안 잊어. 내 친구들, 진짜 안 잊을 거야.'

하지만 그날 하루, 보광동 친구들을 다시 기억하기에는 너무 정신없이 바쁜 건 사실이었다.

나는 민형이 덕에 무사히 사무실에서 수업 신청을 마쳤다. 무슨 대학생도 아닌데 고등학생이 직접 시간표를 짜서 서류를 제출해야 하더라고. 겨우 서류 제출을 끝내고 나오는데, 어디선가 익숙한 웃음소리가 들려왔다.

이태리가 몇 명의 한국인 무리들과 낄낄대며 복도 저쪽에서 걸어오는 중이었다. 이태리는 나를 보더니 손가락으로 가리켰다.

허, 만고의 진리가 미국에서 통할 줄은 몰랐네. 한국의 인싸는 미국에 와서도 쉽게 인싸가 될 수 있었다. 그렇다고 이태리 누나의 미소를 보고 질투가 나지는 않았다. 아싸가 인싸를 부러워해봤자, 인생의 낭비다. 그건 타고나길 타이레놀로 태어났는지, 비타민으로 태어났는지의 차이였으니까.

"내 동생이야."

이태리가 손가락으로 가리키자, 한 무리의 한국 애들이 시끄럽게 떠들었다. 아, 하지만 관심집중은 사절이었다. 난 조용히 살고 싶은 인간이니까. 그런데 그때 어떤 형이 내 어깨를 툭 치며 잘해 보자고 했다.

"태조, 너도 벌써 친구 사귀었네."

이태리 누나는 한 무리의 한국인 친구들과 또 금방 사라졌다.

"와, 태조 형 누나야? 대단하다. 우리 누나하고는 다르다. 키도 크고. 인기 많겠다."

"너네 누나는 어떤데?"

"어, 마침 저기 오네."

복도 반대편에서 이어폰을 귀에 꽂고 누군가 걸어오고 있었다. 사람들하고 눈을 마주치지는 않고, 뭔가를 계속 웅얼대며 외우고 있었다. 민형이의 누나는 민형이를 슬쩍 보고 고개만 까닥이고 지나갔다. 나는 어쩌면 그 인사는 민형이가 아니라 내게 했나 싶었다. 왜냐면 우린 서로 얼굴은 알고 있으니까.

"10학년 전교 1등. 한국인 최고의 수재. 으, 알고 보면 냉혈인간."

"이름이 민희였어?"

"어, 알고 있었나 보네. 친해질 생각은 아예 하지 마. 원래 아무하고도 안 친하니까."

그러더니 민형이가 손바닥으로 이마를 탁 쳤다.

"그 덕에 내가 오렌지 한국 애들 아무하고나 다 친해질 수 있었지. 사촌기 남동생을 누나가 따돌려서. 미국엔 엄마 아빠 없이 딱 우리 단둘인데."

그러더니 민형이는 다시 나를 쳐다봤다.

"누나는 다른 유학생들하곤 좀 달라."

사실 오렌지 유치원의 유학생은 외국인 학생들과 잘 섞이지 않는 편이라고 했다. 교장 선생님 말대로 다들 대학을 가기 위한 코스 정도로만 생각하는 학교였으니까. 하지만 이곳의 한국인 유학생들끼리는 제법 잘 어울린다고 했다. 오히려 본토 외국인보다 더 시끄럽게 떠들면서 그들만의 친목을 만들어 간다고 했다. 하지만 민형이 누나 민희는 그 무리에도 속하지 않는 존재였다.

“근데 형은 여기 오자마자 운 좋게 오렌지에 있는 두 개의 한국을 봤네. 남한, 북한 아니고, 냉면, 라면.”

“냉면, 라면? 그게 뭐야?”

‘냉면’, ‘라면’은 이곳 오렌지의 유학생들 중 두 개의 큰 파벌을 가리키는 은어였다. 라면과 냉면 모두 이곳 오렌지의 외국 애들과는 잘 섞이지 않았다. 오히려 그들만의 무리를 지어서 다닌다고 했다.

‘라면’들은 이곳 오렌지의 본토 애들보다 더 화려하고 시끄럽게 떠들면서 그들만의 친목을 만들었다. 그중에는 영어를 잘하는 애들도 있었지만, 못하는 애들도 그들과 함께 어울릴 수 있었다. 그 세계에서는 영어를 잘하고 못하고가 중요한 게 아니라 얼마나 잘 어울리고 노느냐가 중요했으니까. 유학 생활의 외로움 같은 거 금방 잊어버릴 수 있게. 함께 우우 몰려다니면서 놀고, 떠들고, 즐기는 아이들이었다.

반면 ‘냉면’들은 미국에서의 생활에는 아예 관심이 없었다. 그들의 목표는 일단 고교 생활은 패스고, 좋은 대학이 먼저였다. 당연히 냉면들은 외국인이나 라면들과 잘 섞이지 않았다. 그들은 웃지도 울지도 않고 무표정한 얼굴로 공부만 파고들었다. 그들의 절친은 모두 한국에 있다고 했다. 싸이월드, 이메일로 냉면들을 응원해 주는 친구들이 그들의 진짜 친구인 셈이었다.

"너는 라면이야?"

민형이의 말을 듣고 내가 물었다.

그러자 민형이가 기묘한 표정을 지었다.

"라면은 아니고……. 나는 그냥 아무것도 아냐. 너무 어릴 때 와서. 나는 아무것도 아니야."

나는 민형이의 얼굴에 잠깐 스쳐가는 다른 얼굴을 봤다.

마치 이곳 오렌지 유치원의 연못에 비친 다른 얼굴 같은 느낌이었다.

"모든 무리의 애들하고 가깝지만, 어떤 무리에도 들어갈 순 없어. 그냥 가끔 발밑이 둥둥 떠 있는 거 같고 그래. 내가 보기엔 형도 좀 그런 것 같은데."

"그런가?"

나는 그런 말을 하는 내가 좀 바보 같았다.

확실히 나는 이곳에서 라면이 될 수는 없었다. 되고 싶지도 않았고. 그렇다면 한국에 절친들이 있으니까 냉면인가? 하지만 냉면들은 미국에서 학위를 받고 한국으로 돌아가서 팔자 좋게 살고 싶은 거잖아? 결국 나는 냉면도 아닌 셈이었다.

그렇다고 내가 민형이와 비슷한 거 같지도 않았다. 되게 친절한 아이였지만, 나는 그 친절이 마냥 편하기만 한 것은 아니었다.

"아, 이따 같이 점심 도시락 받으러 가자. 맛없는 피자하고, 퍽퍽한 샌드위치. 둘 중 하나야. 둘 다 맛없으니까 기대는 하지를 말고."

오렌지 유치원에 식당은 없었다. 학교 건물 내부 곳곳에 의자와 테이블이 있었고, 외부에 정원과 운동장이 있었다. 그곳에서 샌드위치나 피자를 들고 점심을 해결하면 끝이었다. 그리고 민형이 말대로 그날 나온 페퍼로니 피자는 진짜 맛이 없었다. 씨발, 누가 피자의 천국이 미국이래? 이 오렌지 유치원에 지옥의 쓰레기통에서 나온 피자가 있는데.

정신없이 그날 하루가 지나가고 하교하는데 민형이가 내 옷소매를 붙잡았다.

"왜?"

"형, 앞으로 이렇게 입고 오지 마."

"이렇게?"

"한국 유학생들 처음에 다 이러고 오는데, 그거 여기서 놀림감이야. 동부에서 온 게이 같다고 비웃는다고. 여기는 그냥 대충대충 입고 오면 돼. 날도 더운데 뭘 그렇게 껴입고 다녀?"

고개를 끄덕였지만, 민형이는 내 옷소매를 놓지 않았다.

"아까 형 어깨 두드린 그 주니어 기억하지?"

나는 잠시 생각에 잠겼다가 고개를 끄덕였다.

"어, 기억해?"

"형 누나한테 그 주니어 조심하라고 그래. 새로 들어온 여학생 킬러로 유명한 형이니까. 여기 아무도 없이 혼자서 홈스테이하는데 그 방의 문을 열면 그냥 끝이야."

학교 교문 밖으로 나오니 이태리가 서 있었다.

"어때?"

나는 이태리에게 물었다.

"겁낼 거 없어. 한국하고 비슷해."

잠시 후에 엄마의 차가 학교 앞에 도착했다.

이태리는 신이 나서 모친에게 떠들어 댔다.

"엄마, 이 학교 괜찮은 거 같아. 나, 벌써 친구들도 사귀었어."

"그래? 태조는?"

운전을 하던 모친이 물었다.

"어, 아직요."

나는 모친에게 미처 그 말을 하지 못했다.

'내 친구들은 태평양 건너 아직 보광동과 이태원에 있으니까요.

마음을 터놓고 편하게 웃을 수 있는, 그런 게 친구니까요.'

차에서 내리면서 이태리에게 그 말은 했다.

"아까 내 어깨에 손 얹은 놈 졸라 재수 없는 인상이다. 친하게 지내지 마."

이태리가 손을 내저었다.

"응, 내 스타일 아니야. 한국 미국 양아치 퓨전 스타일."

전자수첩과 농구공

그 후 2주 동안 시간이 어떻게 지나갔는지 알 수가 없다. 솔직히 말하자면 모든 걸 한 살 어린 민형이에게 의지하고 따라다녔다. 지금 생각하면 쪽팔리지만, 당시 나와 민형이는 재미교포 영구와 유학생 땡칠이처럼 보였을지도 몰랐다.

일단 선생님의 말을 하나도 알아듣지 못하는 게 문제였다. 그저 영어가 들릴 때마다 누군가 나무젓가락으로 귓구멍을 쿡쿡 찌르는 것 같았다.

오렌지 유치원은 모든 미국의 고등학교가 그렇듯 수업마다 다른 교실로 이동해야 했다. 그것부터가 한국에서의 학교와는 달랐다. 미술이나 체육 수업 같은 경우는 아예 다른 학년과 같이 들었다. 수학 같은 어려운 과목은 10학년들이 9학년 과정을 뒤늦게 들어야 하는 경우도 있었다. 또, 한국 유학생들이 많이 오는 학교라서 영어는 오렌지에 사는 현지 학생과 유학생 애들이 듣는 과목이 달랐다.

그래도 민형이는 나와 함께 있는 수업에서는 늘 내 편이 되어 주었다.

각 과목을 가르치는 선생님들은 내가 어떤 놈인지 잘 몰랐다. 그래서 영어로 뭐라뭐라 말하면서 말을 걸면 나는 꿀 먹은 영구처럼 눈만 껌뻑거렸다. 물론 내 표정을 보고 선생님들은 짐작했을 것이다. 왜냐하면 이 학교는 늘 한국인 유학생이 나타나니까. 그러면 선생님은 다시 한 번 물어봤다.

"Do you understand me?"("내 말 이해하겠니?")

그게 내가 오렌지 유치원에서 처음 알아들은 문장.

그리고 내가 이곳에서 처음 선생님과 말문을 튼 대답은 이랬다.

"No."

"Can you help me translate?"("번역 도움 받겠니?")

이렇게 물어보면 처음에는 민형이가 내게 작게 말했다.

"한국말로 번역 도움 받겠냐고."

나는 고개를 끄덕였다. 그러면 선생님의 질문을 민형이가 듣고 물어보고, 내가 대답하는 식이었다. 물론 나는 수업 내용을 따라가지 못했다. 그래서 대부분의 답은 짧고 간단하고 어리석었다. 너무 대답이 덜 떨어지면 민형이가 재빠르게 수정해 주는 것도 같았다. 그것마저 잘 알아듣기 어려웠지만.

노력을 안 한 건 아니었다. 그때 내 손에 있던 전자사전은 늘 축축했다. 세운상가에서부터 나를 따라온 그 전자사전은 그 시절 늘 땀에 절어 있었다.

일단 선생님이 말하는 단어 중 이해가 가는 걸 전자사전에 입력했다. 한국어 아니고 영영사전으로. 그래야 영어가 는다는 말을 어디선가 들었기에. 그러면 그 단어의 뜻을 이해해서 문장을 파악해 가는데, 너무 느렸다. 전자사전의 영어 문장과 머릿속에서 번역되는 한국어. 다시 그걸 영어로 되돌리는 과정 그 모든 것이 엉켜 버렸다. 그래서 매일 두통에 시달렸다. 누군가 내 두뇌에 거대한 교정기를 끼워 둔 것만 같았다.

그래도 사람은 적응의 동물이기는 한 모양. 한 2주일 정도 지나니까 7명의 9학년 애들과는 짧게 대화가 가능했다. 백인, 멕시칸, 베트남 여학생 그리고 한국 남자애들 두 명. 다른 애들이 말을 걸어 주면 짧게 대답 정도는 하고. 물론 아주 간단한 단어나 아주 짧은 문장으로 이뤄진 말이었다. 그래도 그 애들 덕에 하루하루 긴장감이 덜어졌다.

다만 그때도 동급생 말고 아직 다른 학년 애들하고는 말문도 트지 못했다. 가끔 복도에서 이태리를 마주쳤는데, 한국 유학생 친구들과 신이 나서 떠들고 다녔다. 아마 벌써 누나를 좋아하는 남자 선배들이 몇 명은 생긴 것 같았다. 그 옆에는 주니어의 색마도 여전히 함께였고.

"What are you looking at?"("뭘 그렇게 보고 있어?")

어느 날인가 이태리 누나가 지나가는 걸 보고 있는데 누군가 내게 영어로 말을 걸었다.

어? 근데 신기하게 내가 그 영어를 알아듣네?

나는 고개를 돌려 말을 건넨 학생을 바라보았다. 민형이의 누나 민희였다.

"그냥 누나가 지나가서."

"Do you want to join that group? Nothing to be jealous of." ("저 무리에 끼고 싶어? 그렇게 부러워할 것 없어.")

나는 민희가 무슨 말을 하는지 알아들을 수 없었다.

"왜 영어로 말해?"

민희는 앞에 한 말을 반복했다. 나는 그제야 무슨 뜻인지 알아

먹었다.

“난 원래 저런 데 끼는 성격이 아니라서. 그런데 왜 자꾸 영어를 써?”

사실 오렌지 유치원에 다니면서 2주 만에 배운 사실이 있었다. 애들마다 각자 자기 나라 말로 수다를 떨고 다녔다. 그래도 누구도 뭐라 하지 않는 곳이 오렌지 유치원이었다.

물론 백인 애들은 자연스레 영어로 말하고 다녔다. 중국 애들은 중국어로 신나게 떠들었다. 베트남 애들도 마찬가지. 멕시코에서 온 애들은 뭐 엄청 빠르게 멕시코 스페인어로 말했다. 이 학교 유학생의 대부분을 차지하는 한국 애들도 그냥 한국말에 영어를 적당히 섞어 썼다. 그러니 한국 애들끼리 오렌지 유치원에서 한국말로 대화하는 게 당연했다. 내가 거기 못 끼어든 건 한국말하기 싫어서는 아니고 인싸가 아니라서 그렇고.

“Cause I’m not here to play.” (“왜냐면 나는 여기 놀러 온 게 아니니까.”)

“그래, 난 놀러 왔어. 아니……, 공부하러 온 건 아니고. 그냥 어쩌다 보니 살러 온 거지. 그럼, 먼저 간다.”

나는 그렇게 말하고서 자리를 피했다.

혼자 복도를 걷다가 뒤늦게 깨달았다. 민희는 내가 알아들을 수 있게 천천히 영어를 말해 줬다는 걸.

'뭐지, 여기 온 지 얼마 안 된 나한테 잘난 척하고 싶었던 거냐고.'

집으로 돌아가는 길에 나는 자꾸만 민희의 말을 떠올렸다. 'Cause I'm not here to play.'

음, 사실 나는 그 말에 '아니! 나는 살러 왔어!'라고 대답하고 싶었다. 영어로. 그럼 어떻게 대답해야 하더라.

'Fxxx U, I am Alive!'

일단 이건 아닌 거 같다.

그날 집으로 돌아가서 잠들기 전에 노트를 펼쳤다. 미국에 온 뒤로 매일 밤 노트에 〈바이오하자드〉의 팬픽을 썼다. 오렌지의 낯선 모텔에 들어선 특공대원들은 좀비들이나 그르릉거리는 좀비견들과 혈투를 벌였다. 이 오렌지에서 특공대원들을 구조할 구조대는 아직 나타나지 않았다. 그런데 이상하게 그날은 팬픽도 쓰고 싶지 않았다.

사실 팬픽을 쓰다가 좀 질린 면도 있었다. 누가 봐 줄 것도 아니었다. 또 좀비가 없어도 오렌지시티의 내 현실이 라군시티 못지않게 끔찍했다. 오렌지에는 좀비가 없다. 다만 영어가 안 돼

퀭한 눈으로 말없이 학교 안을 돌아다니는 좀비 학생, 태조 리가 있었다.

그날 나는 손에 쥔 볼펜을 계속해서 돌려 댔다. 팬픽은 쓰기 싫었지만 노트를 덮기도 싫었다. 머리가 지끈거렸다. 내 두뇌를 꽉 틀어 쥔 교정기가 내 대뇌의 언어중추를 마구 비틀어 대는 거 같았다.

마침 모친께서 밖에서 설거지를 하면서 옛날 노래를 불렀다.

“내 젊음의 빈 노트에~ 무엇을 채워야 할까.”

나는 그냥 노트에 영어로 한 문장을 썼다.

- I'm not here to play, I'm here to live.(나는 놀러온 게 아니라 살기 위해 왔어.)

그리고 그 다음에 한 문장을 더 썼다.

- It's over when we become friends.(친해지면 끝.)

그게 내 미국에서의 첫 일기였다. 다음에 더 쓸 말은 생각이 안 났다. 근데 이상하게 두통이 좀 사라지는 기분이 들었다. 그때 벌컥 방문이 열리고 이태리가 들어 왔다.

"야, 넌 창피하지도 않아?"

"갑자기 뭔 소리야?"

"네가 한국에서 온 바보라고 유학생 엄마들 사이에서 소문 났대."

내가 오렌지 유치원에서 바보라고 소문이 난 건 사실이었다. 복도에서 매번 민형이 뒤를 쫓아다녀서도 아니었다. 다른 수업에서 내가 영어를 못해 민형이에게 도움을 받아서도 아니었다. 그보다는 아마 여기서도 내가 의자처럼 보였기 때문일 거다.

일찍이 나는 사람들의 집단이 이상한 걸 알고 있었다. 뭔가 집단에서 어색한 사람들을 귀신 같이 꿰뚫어 본다. 그 사람에게 그래도 매력이 있거나 얻어 낼 것이 있다면 다가간다. 그러면 집단을 어색해 하는 사람은 쉽게 마음을 열 테니까. 그때 슬쩍 그 사람의 재능을 훔쳐 내서는 바이바이. 하지만 그 사람이 아무것도 가진 게 없는 빈 의자 같은 어색한 인간이라면 그냥 올레(Olé)! 완전히 달라지는 거다. 의자를 뻥 걷어 차고, 넘어뜨린다. 그냥 모두의 놀림감으로 추락 시킨다. 한국에서 나는 소외된 의자였지만, 미국에 왔더니 나는 놀림감 의자로 변해 버렸다. 이건 더 끔찍한 상황이었다.

다음 날, 민형이에게 정말 그런 소문이 도느냐고 물었다. 민형이는 좀 당황하는 눈치였다가 이내 고개를 끄덕였다.

"지난번에 이모가 그러기는 하더라고."

민형이와 민희는 엄마, 아빠가 아니라 이모와 함께 살았다. 두 남매를 유학 시키기 위해 한국의 부모님은 민형이와 민희의 이모에게 신세를 졌다. 하지만 민형이는 미국인 이모부가 그리 편하지는 않다고 내게 말했다.

하여튼 그 민형이네 이모가 나를 안다는 건데. 그럼 내가 이상한 쪽으로 유명인사가 됐군.

"나를 어떻게 알아? 네가 말했어?"

"아니, 내가 말하기도 전에 형을 알더라니까."

"내 이름이 특이해서 그런가?"

"진짜 바보가 따로 없군."

민형이는 고개를 내저었다.

그러더니 민형이는 오렌지 유치원을 둘러싸고 있는 한국인 유학생 엄마들의 세력에 대해 말해 주었다.

민형이와 민희 같은 경우는 미국의 친척에게 맡겨졌다. 하지만 대부분의 고교 유학생 애들은 엄마와 함께 오렌지에 잠시 머물렀다. 어차피 미국에 애들을 보내고 케어해 줄 곳을 마련해도 그 비용이 4천 불 정도가 드는 게 현실이었다. 그런데 엄마가 따라가서 집을 구해도 4천 불이면 그곳에 머무는 1년간 렌트 비용 정도는 감당할 수 있는 비용이었다. 결국 유학생들을 위해 엄마들까지 미국으로 함께 오는 경우가 많았다. 더구나 한창 질풍노도의 10대 애들을 홈스테이했다가 망쳤다는 소문도 돌고 있었다. 물론 엄마가 따라가면 한국에서 아빠들은 술에 취해 기러기처럼 끼룩끼룩 날아다니고 있을 테지만.

일단 그 엄마들이 나와 이태리를 주목한 건 우리가 유학생이 아니기 때문이었다. 나와 이태리는 오렌지 유치원에 다니는 유일한 이민 학생들이었다. 그것도 진짜 새내기 이민 학생. 11학년 중 한 명이 소위 '검머외'라 부르는 미국에서 태어난 형이었지만 우리와는 달랐다.

그런 까닭에 엄마들은 나와 이태리의 영어 실력이 어느 정도였는지 궁금해했다. 더구나 오렌지에 유학 온 애들은 대부분 한국에서 외고에 다니다가 온 경우가 많았다. 심지어 중학교 때 유학 온 민희도 초등학교 때 영어 영재 수준은 돼 보였다. 그런 애들 사이에서 나는 영어 한 마디 못하는 되게 초라하고 멍청한 애가 되어 있었다. 나도 모르는 사이에. 나 그래도 역사는 누구보다 잘했는데. 그러나 이건 미국에서 아무 짝에도 쓸모가 없었다.

다만 이태리는 유학생들과 오자마자 잘 어울렸기 때문에 그런 단점이 감춰졌다. 인싸의 세계로 들어가면 일단 빙빙 돌려 걸어 차는 놀림감 의자는 아니니까.

'이건 뭐지?'

나는 처음으로 그날 수업 시간과 쉬는 시간에 다른 한국인 유학생들을 쳐다봤다. 다들 나를 힐끔 보고 지나가는 것만 같았다.

'속으로 비웃는 거야. 이런 운명을 원한 게 아니라고. 그냥 미국에 끌려왔지, 놀림이나 당하려고 온 게 아니잖아.'

한국에서 나는 눈에 띄지 않는 존재였다. 그냥 가끔 이름 이태조 때문에 놀림받는 정도. 오히려 놀림은 이태리 누나가 더 받았다. 별명이 초등학교 때부터 타월, 때수건 이런 거였으니까.

화가 났다. 내 꼴이. 그것도 나름 열심히 살아보려고 전날 열심히 영어 일기를 쓴 날에.

나는 머릿속으로 이 화난 마음을 영어 문장으로 만들어 보려고 애를 썼다. 근데 화가 나니까 씨발, 그것도 안 됐다. 결국 앞으로 내가 쓸 일기장의 비장한 제목만 떠올랐다.

America's Survival.(미국 생존기)

물론 그래봤자 기운이 펄펄 나지는 않았지만.

맥이 풀린 나는 점심시간에 퍽퍽한 샌드위치 하나를 씹으면서 운동장에 앉아 있었다. 민형이가 내 옆에 있었지만 뭐라고 말하는지 하나도 귀에 들어오지 않았다.

'이게 뭐야……. 한국에 있었으면 이 시간에 그냥 점심이나 빨리 먹고 공이나 찼을 텐데. 왜 미국까지 와서 내가 이렇게 초라해져야 하냐고.'

아마 그날 오후 그 일이 일어나지 않았다면, 나도 모르게 한국인 유학생 한 명과 싸움이 붙었을지도 모른다.

그때 내 앞으로 뭔가가 슬그머니 통통통, 굴러왔다. 그건 오렌지색의 커다란 농구공이었다.

운동장에 농구대가 하나 있었는데 멕시칸하고 미국 애들 몇 명이 놀고 있었다. 내가 그쪽을 바라보니, 멕시칸 애가 쏼라쏼라 거렸다. 손짓을 보니 공 좀 달라는 눈치였다.

나는 일어나서 공을 들고 튕기면서 그쪽으로 천천히 다가갔다. 그런데 나도 모르게 점점 발이 빨라졌다. 역시 한국에서 운동장에서 놀던 솜씨가 몸에 배어 있었다. 농구대 앞에 있는 멕시칸과 미국 애들이 나를 보며 팔을 내밀었다. 나는 그들에게 공을 드리블하면서 말했다.

"Let's play together.(같이 놀자.)"

그들은 웃으면서 손짓으로 좋다고 했다.

나는 그렇게 오렌지 유치원에서 첫 농구를 했다.

아무 생각도 나지 않았다. 아니, 한 가지 생각은 했지.

'나는 배구를 잘하는데. 농구는 키가 작아서 불리한데.'

당연히 나는 한 골도 넣진 못했다. 하지만 발이 빨라서 패스를 잘했다. 그리고 일단 날쌔게 몸이 움직이니까 같이 노는 애들이 어느 나라 국적이건 크게 상관이 없었다. 또 오랜만에 몸을 움직이니 얼어 있던 마음까지 녹아내리는 기분이 들었다.

함께 놀던 경기가 끝나고 땀을 흘리면서 자리로 돌아가며 나는 웅얼거렸다.

"It's over when we become friends.(친해지면 끝.)"

민형이가 팔짱을 낀 채 나를 바라보았다. 그러더니 고개를 내저었다.

"이 사람, 이거 아주 전략적이네."

"뭐가?"

"형 농구하는 동안에 유학생 애들 몇 명이 빤히 보고 지나갔거든."

그러더니 키득거렸다.

"심지어 우리 누나까지 좀 부러운 듯 보더라."

"설마……."

그때 키 큰 백인 아이 하나가 내 어깨를 툭 치고 영어로 말했다. 물론 나는 그 말을 알아듣지는 못해서 민형이를 쳐다보았다.

"형이 엄청 잘생겼대."

"야, 헛소리 말고."

그 사이 또 백인 애가 뭐라고 떠들었다.

"형이 진짜 발이 빨라서 항복했다고. 핸섬 아니고 핸즈 업(Hands Up)했다고. 또 오랜만에 재밌었다고. 다음에도 같이 놀았으면 좋겠대. 자기네는 특별한 일 없으면 점심때 여기서 농구하니까. 같이 놀재."

내가 좋다는 뜻으로 고개를 끄덕이자, 그쪽에 손을 내밀었다. 우리는 미국 비디오에 나오는 길거리 농구 크루들처럼 손을 잡고 어깨를 부딪치며 인사했다. 그런데 내가 덩치가 훨씬 작아가지고 자세가 잘 안 나와서 조금 민망했다.

그날 나는 다른 때보다 빨리 노트를 펼치고 일기를 쓰려고 했다. 그런데 그 기쁜 마음을 영어 문장으로 빠르게 쓸 수가 없었다. 속 터지게. 그렇다고 내 일기장에 한국어를 쓰긴 싫었다. 그러면 태조의 지조가 흔들리는 거니까.

그때 똑똑, 내 방을 열고 들어오는 소리가 들렸다. 누나였다.

"왜?"

"너, 공책에 뭐 쓰는데?"

"몰라도 돼."

그러더니 방에서 안 나가고 계속 얼쩡거렸다.

"아, 뭔데?"

"이거, 너 쓸래?"

그러더니 무슨 카드 같은 걸 내밀었다. 처음 보는 카드였다. 나는 이태리를 쳐다보았다.

"체크카드?"

"야, 됐고, 전화카드. 친구들이 한국에 전화하는 법 알려 주더라고. 이 전화카드 잔금 남았으니까, 너도 한국 친구들한테 전화 걸어."

나는 고개를 끄덕이고 카드를 받았다.

이태리가 한숨을 내쉬더니 말했다.

"어젠 내가 좀 심했어. 갑자기 애들이 널 욕하니까 열받잖아. 내 동생이면 내 찐따지, 왜 다른 것들이 찐따라고 비웃는데?"

"그러는 누난?"

이태리는 입술을 질끈 깨물었다.

"넌 내가 되게 신나는 거 같지? 나도 진짜 정신없거든? 막막하고. 근데 어떻게든 그런 티 안 내려고 진짜 노력한다. 그런 티 내봤자 여기서는 위로해 줄 사람도 없어. 미국에 온 한국 애들이니까. 다만 걔네들하고 친해지면서 겨우 무서운 거 달래는 거지. 그렇다고 한국에서 놀던 애들하고는 달라."

"맞아, 다르겠지. 한국에서 우리보다 원래 공부도 잘하고."

"꼭 그런 게 아니고……, 아니다, 됐다. 네가 뭘 알겠니."

갑자기 이태리가 진지해지니 좀 무서웠다.

나는 이태리 누나가 빨리 내 방에서 사라져 주길 바랐다. 빨리 나가서 공중전화에서 전화를 걸고 싶었으니까. 오늘의 기쁜 마음을 누군가에게 전할 수가 있었으니까. 그래서 이태리가 내 침대에 걸터앉아 잔소리를 늘어놓기 전에 서둘러 일어나 거실로 나갔다.

물론 현관문을 열고 나가기 전에 이태리한테 큰 소리로 말했다.

"걱정하지 마. 이제 나보고 바보라고 하는 한국 애들 없을 거야. 친해지면 끝이니까!"

집 앞에 공중전화 부스가 있으면 좋으련만, 걸어서 20분 거리에 있는 구멍가게까지 가야만 했다. 나는 한달음에 달려서 20분 거리를 10분 정도에 주파했다.

'이야, 내가 이렇게 발이 빨랐나? 나 육상선수 해야 하는 거 아냐?'

이런 생각을 혼자 하고는 일곱 명의 친구 중 누구에게 먼저 전화를 할까, 생각했다. 처음에는 민희에게 하려다가 마지막에 민희에게 걸기로 마음 먹었다.

나는 7인방에게 차례대로 전화를 걸어 떠들어댔다. 전화를 받은 친구들은 진심 반가워했다. 생각해 보니 내가 거의 석 달 만에 연락을 한 거였다. 카톡도, 페북도, 인스타도 없던 시절에 학교 들어와서 인터넷에 접속할 시간 있으면 싸이월드 방명록만 한 번씩 남겼을 뿐이지.

나는 한국 친구만이 아니라 여기 애들하고 농구하면서 친해졌다고 말했다. 한 놈은 너 농구 못하잖아, 이 새끼가 뻥카는, 이라고 했다. 또 한 녀석은 다음에 조져버려, 라고 대답. 나머지 하나는 넌 어딜가나 귀요미, 라고 증언. 하지만 마지막에 내가 보고 싶다고 하자 다들 닥치라고 하면서도 연락이나 자주 하라면서 끊었다. 그 순간에는 친구들이 멀리 태평양 건너에 있지 않았다. 보광동과 이태원 정도의 거리처럼 가까이에 있는 것 같았다.

나는 7명의 친구들에게 모두 전화를 하려고 했다. 하지만 전화카드 잔고는 생각보다 많지 않았다.

그래서 네 번째 전화는 민희에게 걸었다. 좀 신호가 길게 간 후에 민희가 전화를 받았다.

"여보세요?"

"어……. 민희야, 내 목소리 기억…… 하지? 나, 태조."

"태조, 진짜 태조?"

나는 민희가 내 목소리를 알아 듣자 미국에서 무슨 일이 있었는지 정신없이 떠들었다. 민희가 아아, 거릴 뿐 대답이 길지 않은 건 잠시 후에 깨달았다.

"태조야, 내가 지금 밖에 친구…… 하고 있어 가지고."

"누구? 내가 아는 친구 중 누구?"

"아니, 내가 좋아하는 애. 남자친구."

잠시 정적. 미국과 한국의 거리만큼 길게 느껴지긴 했지만.

"아……. 어, 큰일 났다?"

"뭐가?"

"아니, 다른 애들한테도 전화해야 하는데 잔고가 얼마 없어."

"그래, 그럼 다음에 또."

나는 전화를 끊고 나서야 오렌지 유치원에도 민희가 있다는 말을 못 했다는 걸 깨달았다. 하긴 그런 말 해봤자, 그냥 아무 의미 없는 거지만.

나는 나머지 3명의 친구들에게 전화를 했다. 하지만 처음에 친구들과 통화를 할 때보다는 그렇게 신이 나지 않았다. 하지만 마지막 친구가 내게 해준 말이 기억에 남았다.

"야, 너한테만 말할게. 나, 민희 진짜 오래 좋아했는데, 민희 남자친구 생겼다. 아. 씨, 진작 좋아한다고 할걸. 넌 미국에 있으니까, 소문 안 낼 것 같아서 너한테만 말한다."

그날 밤, 나는 두 번째 영어일기를 썼다. 이번에는 한 시간에 걸쳐 전자사전의 도움을 받아가며 한 장을 꼬박 채웠다. 그날 일기의 마지막 문장은 이랬다.

-"Make it count!"("실수하지 마!"<타이타닉>에서)

오렌지 일기 혹은 오렌지 알기

내 목표는 매일 밤 영어 일기로 노트 한 장을 채우기였다. 일기장의 겉장에는 붉은 글씨로 거창하게 'America's Survival'이라고 적었다.

나는 원래 글 쓰는 건 좋아했다. 그런데 일기 한 장 쓰기가 쉽지 않았다. 처음에는 정말 전자사전의 영영 단어 찾느라고 헤매고 또 헤맸다. 문법이 맞았는지 틀렸는지도 잘 알 수 없었다. 그래서 일기를 두 번에 걸쳐 나눠 썼다.

한 페이지에는 일단 문법까지는 신경 안 쓰고 단어를 엮어가지고 문장만 되게 썼다. 그 다음에 그걸 옆 페이지에 옮겨 쓰면서 영어 문법을 신경 쓰며 옮겨 적었다. 그러면서 문장도 다듬었고.

그렇게 시간이 지나 11월이 오자 영어 문장이 술술 써졌다. 그 사이 선생님의 말들도 '귀가 뻥!'까지는 아니지만 알아 듣기 시작했다. 여전히 복잡한 말은 민형이의 도움을 받았다. 그래도 쉬운 질문은 영어로 대답할 수 있었다. 또박또박, 너무 각이 져서 깍두기 같은 영어 발음이 튀어나왔다.

물론 짧은 대답이라도 뇌의 필터를 여러 차례 거쳐야 했다. 선생님이 영어로 한 말, 한국어로 번역. 내가 한국어로 생각한 말 영어로 번역. 그러다 두뇌에 렉(Lack)이 걸려 가지고 정지가 되면 어어어어, 이렇게 마무리. 그러면 또다시 오렌지 유치원의 바보. 그런 날은 영어 일기의 마지막에 이런 문장을 썼다.

-Liberate me.(날 구해줘.)

공포영화 〈이벤트 호라이즌〉에 등장하는 먼 곳에서 들려 오는 구조신호 같은 말이었다. 영어가 아니라 라틴어긴 했지만 그런 날은 이 문장으로 마지막을 썼다. 그 말투가 꼭 내 두뇌에 렉 걸렸을 때 들려오는 소리 같아서.

물론 〈이벤트 호라이즌〉에서 그 말은 'Liberate tutume ex inferis'로 밝혀진다. '지옥에서 너 자신을 구하라'는 의미인 셈. 나도 영어의 지옥에서 서둘러 나 자신을 구하고 싶었다.

사실 영화 대사에서 문장을 따 온 이유가 있었다. 내 일기의 문장은 스스로도 유치원생처럼 보였다. 아무리 오렌지 유치원생이어도 이건 좀 아니었다. 허나 마지막 문장은 멋지게 쓰고 싶었다. 그래서 내가 본 영화, 나중에는 인터넷에서 영화 명대사를 찾아 그날의 일기에 어울리는 문장으로 마무리했다. 그러면 문장은 짧아도 영화 한 편이 내 영어일기 안으로 들어온 것 같은 뿌듯한 기분이 들었다.

다만 오렌지 유치원과 집만 시계추처럼 오가니 일기에 쓸 말이 별로 없었다. 문장도 비슷비슷.

학교 가서 같은 9학년 애들끼리 수다 좀 떨다가, 점심시간에 농구를 한다. 여전히 영어나 사회, 수학 같은 과목은 무슨 말을 하는지 도무지 이해가 안 갈 때도 여러 번.

아, 솔직히 말하자면 수학은 한국에 있을 때도 무슨 말인지 이해가 안 갔다. 하지만 다행인 점. 오렌지 유치원의 수학은 고등학생보다 중학생 수준이라는 거. 이미 내가 몇 년 전에 다 배운 내용이었다. 불행한 점. 나는 중학생 때 수학을 오지게 못했다는 거. 그래도 그때는 수학보다 일단 영어를 알아듣기 위해서 미치도록 열심히 일기를 썼다. 일단 수학은 뒷전이었다.

여튼 내 'America's Survival'은 점점 지지부진해졌다. 농구, 농구, 농구하다가 만난 새로운 친구들. 하지만 반갑게 인사만 나눌 뿐 대화는 길게 나누지 못하는 친구들. 이태리 누나의 한국 친구들 자랑. 한국 유학생 친구들하고도 농구를 하니 농구, 농구, 농구. 퍽퍽한 샌드위치, 지옥 같은 피자. 농구, 농구, 농구.

학교생활의 반복 때문에 매번 비슷비슷한 문장만 쓰다 보니 좀 지겨워졌다. 내 영어 실력도 제자리걸음인 것 같았고.

나는 'America's Survival'에 채울 일기의 내용을 만들기 위해 아이디어를 짰다. 일단 오렌지에 대해 기록하기로 했다. 물론 우리가 매일 주스로 마시는 그 오렌지 아니고, 당연히 이 도시 오렌지. 여기는 내가 앞으로 살아갈 미국의 새로운 보광동이니까.

"너 오렌지에 대해 얼마나 알아?"

그걸 물어볼 만한 사람은 역시 민형이였다.

민형이는 미간을 찌푸리고 이젠 뭐 그런 것까지 물어보냐는 표정이었다. 하지만 내 말을 듣고는 고개를 끄덕였다.

"살기 위해 일기를 쓰신다고? 와, 역시 전략적인 양반이야."

민형이는 나를 데리고 사회 선생님을 찾아갔다. 옅은 오렌지색 머리에 안경을 낀 키 작은 남자 선생님이었다.

그렇게 나는 타일러 선생님과 만났다. 민형이의 말을 듣고 타일러 선생님은 심각한 표정으로 고개를 끄덕이더니, 이내 얼굴 가득 미소를 지었다. 한국 유학생 중에서 오렌지카운티의 오렌지에 대해 궁금하다고 찾아온 애는 내가 처음이라면서.

"Wow, a brilliant kid has entered the school!"("와, 반짝반짝하는 애가 학교에 입학했네.")

그러더니 타일러 선생님은 내 이름이 뭐냐고 물어봤다.

"Taejo lee."("이태조.")

미국에서 살아가려면 보통 영어 이름을 만들어야 하지만 나는 그냥 한국 이름을 쓰기로 했다. 이태리는 제니퍼라는 영어 이름을 오렌지 유치원에 입학하기 전부터 만들었다. 하지만 나는 대학에 가기 전까지는 그냥 내 이름을 쓰고 싶었다. 태조라는 이름을 그렇게 아끼지는 않았고 한국에서는 오히려 좀 창피했다. 하지만 미국에 오니 친구들이 놀려 가며 불러 주던 이름을 당장은 버리고 싶지 않았다.

"Taser, taser gun? That's a strong name."("테이저, 테이저 건? 정

말 강한 이름인데.")

그러자 민형이가 '태조'는 한국에서 왕을 지칭한다고 알려줬다. 타일러 선생님은 미안하다고 하면서 그 이름도 또 대단하다고 요란스럽게 호들갑을 떨었다. 나는 그때까지 그분의 수업을 들은 적이 없었다. 하지만 그 순간, 오렌지 유치원에서 가장 시끄러운 선생님이 타일러 선생님일 거라고 생각했다.

호들갑의 폭풍 후, 타일러 선생님은 오렌지카운티에서 오렌지를 비롯한 새로운 도시들에 대해 이것저것 알려 주었다. 타일러 선생님은 흥분하면 말이 빠르고 많아져서, 민형이가 숨 가쁘게 통역을 해 줘야만 했다.

여하튼 테일러 선생님의 말을 정리하면 이랬다. 오렌지의 인종 분포는 오렌지 유치원과 다르지 않았다. 다만 오렌지를 비롯한 오렌지카운티의 인종 분포에는 이곳만의 특징이 있었다. 먼저 백인들이 절반을 넘지 않았다. 그들이 3분의 1 정도를 차지하고 나머지 3분의 1은 멕시코에서 넘어온 멕시칸들이 차지했다. 오렌지와 멕시코의 거리는 그리 멀지 않기 때문에 멕시칸 불법체류자나 이민자가 오렌지에서 꽤 많은 수를 차지하는 것이었다. 생각해 보니 오렌지 곳곳에서는 타코 집이 정말 많았다. 나머지 3분의 1은 베트남인, 중국인 같은 동양인들이고 최근에는 한국인들이 많이 정착하는 추세였다.

다만 교외 신도시인 이곳에는 흑인들이 많지 않았다. 실제로 내가 오렌지 유치원을 다니는 내내 오렌지에서 본 흑인은 이태원에서 본 것보다 더 적었다. 흑인들은 대부분 LA 같은 대도시에 살지, 오렌지카운티의 중산층 도시까지 내려 오지는 않는다고 했다.

타일러 선생님 말에 따르면 오렌지를 비롯한 이 주변의 도시들은 미국에서 가장 진보적인 도시들 중 하나라고 했다.

일단 도시 구성원에서 백인들은 과반을 넘지 않아 위세가 크지 않았다. 그 백인들 또한 대부분 지식인임을 자랑스러워하는 미국의 중산층 좌파들인 경우가 많았다. 그렇기에 다른 소수 인종들도 차별받는다는 느낌 없이 어울리며 사는 곳이었다. 타일러 선생님은 오렌지야말로 평등하고 자유롭고 이상적인 도시라고 했다. 범죄도 없고, 노숙자도 없고, 가난도 없다는 것이다.

하지만 타일러 선생님은 마지막에 이렇게 덧붙였다.

"This ain't real America, Just a fantasy for America." ("여기는 진짜 미국이 아니라, 미국의 환상이지.")

그러더니 씁쓸하게 말했다.

"Don't believe Orange is 'real America.'" ("오렌지가 미국이라고

믿으면 안 돼.")

그리고 한 마디를 더했다.

그날 밤 일기에는 영화에서 따 온 문장을 마지막에 쓰지 않았다.

대신, 타일러 선생님의 마지막 말로 일기를 마무리했다. 하지만 타일러 선생님의 그 말은 그때까지 그리 와닿지는 않았다.

그래, 오렌지가 미국은 아니었다. 하지만 그때까지 내가 알고 있던 미국은 오렌지가 전부였다. 그래도 그 오렌지는 다정한 타일러 선생님처럼 한국에서 온 나를 달콤하게 품어 주고 있었다. 그때까지는.

-"Don't believe Orange is America. Cause the Orange is America's the sweetest piece."("오렌지에 살았다고 해서 미국을 안다고 생각하지 마. 오렌지는 미국에서 가장 이색적인 곳이니까.")

타일러 선생님이 내게 들려준 마지막 문장.

나도 왕, 너도 왕

11월이 지나기 전, 내 일기에 드디어 오렌지 현지 친구들이 등장했다. 아직도 그 일을 생각하면 입가에 미소가 지어지곤 한다.

우리는 한국, 미국, 모로코, 각기 다른 나라에서 태어났다. 우리의 머리색도 피부색도 다르고. 하지만 우리의 유전자 지도 어딘가에 무언가를 뜨겁게 좋아하는 취향이 자리 잡은 것은 비슷했다. 아마 그게 우리를 더 가깝게 했던 거 같다. 그걸 보면 가끔 세계의 '덕후'들은 통하는 코드가 있는 거 같다. 〈스타워즈〉부터 〈반지의 제왕〉, BTS까지.

그 무렵, 점심시간에 운동장에서 농구를 하다 보니 얼굴이 익숙해진 다른 학년 친구들이 있었다. 오렌지 유치원은 학생 수가 적어 미술이나 체육 시간은 다른 학년과 함께 수업을 들었다. 그때 친해진 녀석이 루이였다.

루이는 언뜻 보면 멕시칸, 또 언뜻 보면 흑인 혼혈처럼 보였다. 건강한 갈색 피부에 언제나 하하, 웃고 다니는 녀석이었다. 몇 번 농구를 함께 하면서 서로 얼굴은 알고 있었다. 그런데 미술 시간에 또 만나게 됐다. 그는 긴 젓가락 같은 다리로 성큼성큼 다가왔다.

그때는 아직 능숙하게 영어로 말할 때가 아니어서 당황했다. 더구나 루이는 백인이나 흑인과는 전혀 다른 억양으로 떠들어 댔다. 지금 생각하면 뭔가 스페인어에 프랑스어가 섞인 발음? 하지만 그때는 그냥 끼르끼르켁, 이렇게 들렸다. 대신 루이가 손짓 발짓을 하면서 경쾌하게 떠들어 대는 목소리를 듣자니, 어느새 나도 함께 대화를 나누게 됐다. 손짓 발짓을 섞어가며.

루이는 10학년이었고 나이는 나와 동갑이었다. 선후배 개념이 별로 없어 가지고 우리는 편하게 대화를 나누었다.

루이는 내 이름 '태조'가 무슨 뜻인지 궁금하다고 했다.

"It's the name for one of the old Korean kings."("옛날 한국 왕의 이름이야.")

"Bravo, I am a king, you are a king."("와, 나도 왕, 너도 왕이네.")

그러면서 루이는 낄낄대고 웃었다. 나는 그 말이 별로 웃기지는 않았지만 그냥 따라 웃어 줬다.

나는 그날 루이에 대해 몇 가지 사실을 알게 되었다. 루이는 알고 보면 프랑스인이었는데, 백인 아버지에 어머니는 검은 피부의 모로칸이었다. 그래서 모로코에 외갓집이 있고, 태어난 곳도 프랑스 아닌 모로코였다. 프랑스인 아버지가 모로코에서 와서 한눈에 어머니에게 반해 눌러 앉은 것이었다. 또 오렌지에 정착하기 전에는 긴 시간을 광고 회사 간부인 아버지의 직장 때문에 LA에서 살았다고 했다.

그 때문에 루이의 영어 억양은 프랑스어 억양, 모로코식 프랑스어 억양, LA 흑인 억양, 또 여기서 배운 멕시칸 억양까지 섞여 있었다. 루이는 이런 억양들을 흉내 내는 게 취미라고 했다. 가끔 두 개나 세 개의 억양을 섞어 본다고도 했다. 영어 억양을 이리저리 뒤섞은 코즈모폴리턴 리믹스처럼.

그러면서 내가 한국인이라 너무 좋다고 했다. 이제 베트남식 영어 억양과 중국식 영어 억양을 배웠으니, 한국 영어 억양의 리듬을 배울 차례라면서. 그러면서 뜬금없이 "아리라앙~" 하고 느끼하게 〈아리랑〉을 불렀다.

"What are you doing?" ("뭐하는 거?")

"At first I thought the Korean accent was like this." ("난 처음에 한국어 억양이란 게 그런 건 줄 알았지.")

"Koreans don't speak so slowly." ("한국 사람들은 그렇게 느리게 말 안 해.")

"When I was living in LA, I asked a Korean laundry lady what kind of country Korea was. Then, out of the blue, she was like 'Arirang and Arirang.'" ("LA 살 때, 한국이 어떤 나라냐고 LA 한국인 세탁소 아줌마한테 물어봤거든. 그랬더니 뜬금없이 아리라앙, 아리라앙 하더라고.")

그날 집에 돌아오니 마당 앞에 자전거가 있었다. 모친은 벼룩시장에서 산 자전거라고 했다. 그날 모친은 왜 자전거를 사왔는지 우리에게 알려 줬다.

"다음 주부터 이제 너희는 자전거로 학교 가는 거야."

"그게 무슨 소리야?"

이태리가 눈이 동그래져서 물었다.

"엄마 스케줄이 너무 바빠졌다."

모친은 원래 가만히 있는 걸 못 견디는 성격이라서 시간제 알바 자리를 구했다. 아침 일찍 문을 여는 한국인 가게에서 점원으로 일하기로 했다.

이태리는 다른 엄마들은 미국에 오면 자식들 뒷바라지에만 올인한다고 신경질을 냈다.

"그 엄마들은 애들이 조기유학이잖니. 너희는 늦은 이민이고. 그 엄마들은 10년 안에 떠나고, 우리는 여기서 눌러 앉을 거고. 엄마도 여기서 남은 인생을 살아 낼 방법을 찾아봐야지."

이태리가 고개를 끄덕였다.

"좋아, 그럼 태조는 자전거로 통학하고 나는 이번 학기 끝나면 운전해서 다닐 테니 차를 사 줘. 여긴 16살이면 면허를 딸 수 있으니까."

"일단 필기나 통과하시지. 아직 영어로 말도 잘 못하면서."

"영어 못해도 친구들하고 다니는 데 문제없다니까 그러네. 한국인이 이미 미국 어디에나 있다고."

"그래도 운전면허 시험은 통과 못 하겠지."

"운전면허 시험은 한글로도 볼 수 있거든?"

모친은 고개를 끄덕였다.

"좋아, 미국에 살려면 운전면허도 빨리 따긴 해야 하니까. 일단 그건 겨울에 따기로 하고. 이번 학기 끝날 때까지는 자전거로 통학해."

자전거 통학 첫날, 나와 이태리는 함께 학교에 갔다. 집에서 나와 빌라파크 로드를 따라가다 한 번만 길을 꺾으면 되니까. 학교로 가는 길로 꺾어질 때 이태리가 내게 말했다.

"엄마가 우리 뒤에서 몰래 따라온 거 알지?"

"뭐래? 오늘부터 출근이라며?"

"내일일 걸. 오늘은 몰래 우리 잘 가는지 따라왔겠지."

이태리는 학교에 도착하자마자 내게 말했다.

"내일부터 아침에 등교할 때는 따로 가는 거다."

"누가 할 소리."

"사실, 나 자전거로 혼자 통학하게 되어서 너무 좋다!"

이태리는 크크크 웃더니 먼저 학교로 들어갔다.

그날 하굣길이었다. 내 옆으로 자전거 한 대가 발 빠르게 다가왔다.

"Taeeeeee jo."("태~조.")

나는 브레이크를 밟아 자전거를 세웠다.

루이가 자전거 타고 가는 나를 처음 봤다며 그동안 왜 못 봤는지 모르겠다고 호들갑을 떨었다. 나는 오늘 처음 자전거로 등교를 시작했다고 말했다.

루이는 내가 사는 동네를 물어보았다. 나는 빌라파크 로드를 따라가다 내려가면 나오는 빌라파크 남쪽 주택단지에 산다고 대답했다. 루이는 또 한 번 "브라보!"를 연발했다. 루이 역시 빌라파크 로드 북부 쪽에 살고 있다면서. 종종 이 길에서 보자고.

"I want to hear your Korean accent."("너의 한국어 억양을 느끼고 싶어.")

다음 날 하굣길에 또 루이를 만났는데, 이번에는 내가 루이를 먼저 봤다. 루이 옆에는 키가 큰 멀대 같은 애가 서 있었다. 너무 커서 긴 목을 구부린 기린처럼 보였다. 왜 키가 저렇게 큰데 농구 코트에서는 못 봤는지 궁금했다.

평소 한국에서의 나라면 아는 척을 안 하고 뒤로 빠졌을 게 뻔했다. 하지만 이상하게 미국에서의 나는 달랐다. 나는 두 아이들 곁으로 다가갔다.

친해지면 끝이니까.

"Hi, Lui." ("안녕, 루이.")

루이가 활기차게 인사하는데, 그 옆에 백금색 머리의 아이는 어색하게 서 있었다. 두꺼운 안경에 입술이 두꺼웠다. 말을 빨리 하지는 못하고 입술을 우물거렸다.

"This is mark. He's in my class, and he lives in my

neighborhood.("이 쪽은 마크. 나랑 같은 학년이고, 우리 동네에 살아.")

"Mark, hello."("마크, 안녕.")

내가 인사를 하자 마크는 어색하게 고개를 끄덕였다.

한국에서의 나를 보는 것처럼 수줍음이 많은 애였다.

"Mark, I don't think I've seen you playing basketball."("마크, 농구할 때는 못 본 거 같다, 너?")

마크가 대답 없이 루이를 쳐다봤다.

"He doesn't really like basketball. He likes zombies." ("얘는 별로 농구는 안 좋아해. 얘가 좋아하는 건 좀비 같은 거지.")

나는 마크를 쳐다봤다.

"Raccoon City?"("라쿤시티?")

그 말에 마크의 표정이 환해졌다. 루이가 요란하게 고개를 흔들어댔다.

"You threw the bait at this bastard. Now he will only talk about zombies when he sees you."("넌 이 자식한테 미끼를 던졌어. 이제 매일 너만 보면 좀비 이야기만 할 거야.")

나는 〈바이오하자드〉를 좋아하긴 했지만 좀비 덕후까지는 아니었다. 차라리 〈스타워즈〉나 〈공각기동대〉처럼 우주가 배경인

이야기 쪽에 더 끌렸다. 온몸이 흐물흐물한 좀비보다 단단한 기갑의 로봇 병사들이 내 로망이었다.

"If you'd ever bring up Star Wars because you're tired of Mark's zombie stories, you'd be locked up in Mark's house."("네가 마크의 좀비 이야기가 지겨워서 괜히 〈스타워즈〉 이야기를 꺼냈다간 아예 이 녀석 집에 갇혀 버리고 말 거야.")

"I like Star Wars……. Space, robots, stuffs like that."("아, 나 〈스타워즈〉 좋아하는데. 우주, 로봇 이런 것들.")

마크가 잇몸을 드러낼 정도로 환하게 웃으며 나를 바라봤다.

"Did you know that Ghost in the Shell airs every Sunday morning?"("너, 일요일 아침마다 〈공각기공대〉 방송하는 거 알고 있니?")

"I like that anime. But I did not know about it airing every Sunday morning. Thanks for letting me know." ("나 그거 좋아하는데. 그건 몰랐어. 알려 줘서 고마워.")

루이가 우리 둘을 바라보며 말했다.

"I like it too." ("그건 나도 좋아해.")

그 후 나는 일요일에 루이와 마크와 함께 우리 집에서 〈공각기공대〉를 봤다. 원래 좋아하던 애니를 영어로 들으니 귀에 더 쏙쏙 들어왔다. 가끔은 마크의 집에서 다스베이더 가면을 쓰고 광선검을 휘두르며 함께 〈스타워즈〉 DVD를 보기도 했다.

물론 루이는 〈스타워즈〉를 그렇게 좋아하지는 않았고 랩이나 힙합을 더 좋아했다. 나와 마크는 솔직히 랩 취향은 아니었다. 마크는 시끄러운 록 음악을 좋아했고, 나는 그때까지도 버즈의 노래를 좋아했다. 마크는 운동을 썩 좋아하지는 않았지만, 가끔씩 우리와 농구를 했다. 또 루이는 좀비가 나오는 게임만 좋아했고, 나는 〈바이오하자드〉 팬픽을 취미로 썼지만, 마크는 호러 스토리 작가가 꿈이었다.

물론 그의 유명한 아버지는 아들의 꿈을 전혀 알지 못했다.

마크와 친해지자, 민형이가 신기한 듯 나를 쳐다봤다.

"도대체 형, 뭐야?"

"뭐가?"

"왜 이 학교 행정실장 아들하고 같이 다녀?"

"그냥 동갑이라 친해졌어. 좋아하는 것도 비슷하고."

민형이가 고개를 내저었다.

"둘 다 탄탄한 꿀벅지에 금발 취향?"

"그건 아니고."

"하여간 이 형, 진짜 전략적이네. 미국에 살려고 정말 작정을 하고 왔네."

민형이만이 아니라 다른 한국인 유학생들도 그렇게 생각했을까?

어떻게 보든 그게 무슨 상관.

루이와 나와 마크는 셋 모두 피부색도 다르고, 취향도 비슷한 듯 달랐다. 그냥 비슷한 또래에 비슷한 동네에 살아서 친해진 거니까. 그냥 친해지는 동네 친구들처럼. 보광동 7인방 같은 친구를 오렌지에서 쉽게 사귈 수 있다는 게 신기하기는 했다.

이후 내게 다가오는 다른 한국인 친구들도 많아졌다. 10학년의 다른 한국 유학생 애들이 복도에서 만나면 아는 척을 했다. 프레시맨과 달리 10학년 소포모어에는 한국인 유학생이나 어린 시절 미국으로 이민 온 한국 애들이 제법 있었다. 나는 10학년, 심지어 11학년 주니어 유학생들과도 금방 가까워졌다.

그렇게 9월에 오렌지 유치원의 바보 의자였지만 11월에는 오렌지 유치원의 유명한 태조가 됐다.

내가 모르는 사이에.

그렇게 친해지면 끝.

그 진리가 통하게 될 줄이야.

하지만 유일하게 나와 친해지지 않은 사람이 민희였다. 어느 날 민희는 스치듯 지나가며 물었다.

"Are you happy?"("행복해?")

나는 미간을 찌푸리고 민희를 봤다.

"What do you mean?"("무슨 뜻이야?")

민희는 나를 쳐다봤다.

"그냥 신기하고 재밌어서."

민희는 한국어로 내게 말했다. 나는 은근히 그 아이의 태도가 거슬렸다. 잘난 척하는 것도 같고, 비웃는 것도 같아서.

"뭐가 그렇게 신기한 건데? 내가 뭐 그렇게 바보 같이 보여? 모든 애들이 다 너 같이 미국에서 공부만 해야 해? 나는 여기 살려고 왔지, 공부하러 온 거 아니야."

민희는 나를 보고 고개를 끄덕였다.

"놀리려던 건 아니야. 그냥 다른 유학생 애들하고 달라서……. 먼저 갈게."

민희는 교실로 들어 가려다가 다시 내게 말했다.

"여기 살러 왔다고 했지? 근데 오렌지 애들하고 친해진다고 미국에서 쉽게 살 수 있는 건 아니야."

그 말을 하고 민희는 교실로 들어가 버렸다.

뭐야, 뭔데, 친해지면 끝이지.

그날 내 일기의 마지막 문장.

-"Fear, anxiety, loneliness……. And a little hope."("공포, 불안, 외로움……. 그리고 작은 희망." <공각기공대> 중에서)

마켓플레이스

오렌지의 12월은 한국의 10월과 날씨가 비슷했다. 선선해서 자전거를 타고 모험을 떠나기에 최고였다. 그 무렵에는 이제 자전거를 타고 집과 학교가 아니라 더 먼 곳으로 가보고 싶었다. 하지만 혼자 가기엔 겁이 났다. 그래서 나는 마크와 루이를 꼬드겼다.

마침 〈공각기동대〉도 끝나서 일요일이 좀 심심하기도 했다. 내가 가고 싶은 곳은 마켓플레이스였다. 마크의 말에 따르면 오렌지 너머 도시가 터스틴인데 거기에 오렌지에서는 볼 수 없는 대형 쇼핑센터가 있다고 했다. 빌라파크 로드를 따라 계속 가기만 하면 갈 수 있다면서.

"So shell we go? I want to go." ("그럼 갈까? 나 가고 싶어.")

12월의 일요일 화창한 날에 나는 아침부터 빌라파크 로드를 따라 달렸다. 오렌지 유치원에 가는 게 아니라, 오렌지 너머로 간다고 생각하니 신이 났다. 약속대로 중간에 마크와 루이가 합류했다.

"안녕."

내가 한국말로 인사하자, 마크와 루이도 곧바로 "안녕"이라고 대답했다. 내가 가르쳐 준 게 아니었다. 그런 유치한 짓은 안 했다. 그냥 오렌지 유치원에 한국 애들이 많아서 현지 애들도 한국 인사말 정도는 할 수 있었다.

빌라파크 로드를 따라 페달을 돌리자 어느새 내리막길과 오르막길이 연달아 나타났다. 이어 포물선처럼 오르막길과 내리막길이 이어졌다. 그렇게 들쑥날쑥 두 시간쯤 자전거를 탔을까? 우리 셋은 어느새 자전거로 산을 넘고 있었다.

"이 길을 따라 계속 가면 되는 거야?"

마크는 계속 가다가 잼버리 로드 쪽으로 빠지면 터스틴이라고 했다. 우리가 가는 마켓플레이스는 터스틴과 오렌지 경계 부근이었다.

사실 그 즈음에 이르자 마켓플레이스에 대한 궁금증은 사라졌다. 대신 이런 생각이 들었다.

'여기도 사람 사는 곳이네. 여기도 보광동과 이태원에서처럼 친구들하고 같이 돌아다닐 수 있네.'

그럼 미국에서 사는 게 생각보다 그렇게 어렵지는 않을지도 몰라.

나의 'America's Survival'은 이렇게 끝?

산을 넘어 서자 드디어 마켓플레이스가 있는 또 다른 도시가 나타났다. 그때까지는 오렌지 밖의 다른 도시로 가 본 적이 없었다. 물론 다음 해부터 한 달에 한두 번은 LA까지 놀러갔지만, 일단 그 무렵에는.

마켓플레이스는 미국이라는 나라와 어울리는 거대하고 넓은 쇼핑센터였다. 근육 덩어리 쇼핑센터처럼 이런저런 쇼핑몰이 울룩불룩했다. 우리는 일단 햄버거로 점심을 먹으면서 어디에 가볼지 계획을 짰다.

마크는 내가 좋아할 만한 곳이 있다고 했다. 루이는 거기가 어딘지 알 것 같다고 했고.

마크가 나를 데려간 곳은 반스앤노블(Barnes & Noble) 서점이었다. 그곳에 들어가서 마크는 판타지 소설이 가득한 코너로 우리를 이끌었다. 거기에는 《해리포터》보다 훨씬 더 와일드하고 거친 판타지 소설들이 모여 있었다.

그중에 내 눈에 띈 건 《워해머(Warhammer)》라는 판타지.

'전쟁 망치?'

마크가 나서서 그 책에 대해 설명했다.

"This is a game book, a novel for understanding the Warhammer game."("이건 게임북인데, 워해머 게임을 이해하기 위한 소설책이지.")

마크에 따르면 〈워해머〉는 원래 거대한 보드게임인 미니어처 전투 게임이 시작이었다. 하지만 지금은 컴퓨터 게임이나 그 게임의 세계관을 표현한 소설책도 유명하다고 했다. 물론 마니아들 사이에서만. 미국에서도 여전히 최고의 인기 게임은 〈스타크래프트〉였다.

나는 게임 팬픽은 써 봤어도 게임을 위한 소설이 있다는 건 그 날 처음 알았다.

그때까지 나는 교과서 외에 영어로 된 다른 책들을 읽지 않았다. 교과서의 영어만 이해하려고 해도 머리가 터질 것 같았으니까.

그런데《워해머》를 훑어보면서, 로봇 전투부대의 전투 장면들이 생생하게 머릿속에 들어왔다. 잔인하고, 혹독하고, 사나운 풍경이 그려졌다. 로봇들이 벌이는 대하사극의 한 장면이 펼쳐지는 느낌이었다.

'내가 이렇게 영어를 잘 읽었어? 아니면, 이게 나하고 잘 맞는 책인가?'

나는 그렇게 처음으로《워해머》 게임북을 샀다. 하지만 그때는《워해머》가 내 인생의 어떤 순간에 중요한 역할을 할 거라고는 생각하지 못했다.

나와 루이, 마크는 반스앤노블을 나와 자전거를 끌고 마켓플레이스 곳곳을 돌아다녔다. 반스앤노블에서는 하품만 하던 루이가 갭 할인매장을 보자 신이 나서 뛰어 들어갔다.

물론 나와 마크는 옷에는 별로 관심이 없었다. 우리는 그냥 갭 매장 안에서 멀뚱멀뚱 서 있기만 했다. 마크네 집은 부자였지만, 학교에서 마크의 옷차림은 나와 비슷했다. 목 늘어난 티셔츠에 반바지. 오렌지 유치원에서는 옷을 좋아하는 쇼핑왕 같은 루이가 특이한 놈이었다. 허름한 천 쪼가리는 오렌지 유치원 남자 애들의 교복 같은 거였으니까. 아, 한국에서 유학 와서 반듯하게 차려 입고 한 달 정도 꿋꿋하게 등교하는 애들 빼고는.

사실 그날 나는 마켓플레이스에 온 또 다른 목적이 있었다. 방학하고 한국으로 돌아가게 되면, 친구들에게 자랑할 만한 곳이 마켓플레이스밖에 없었다. 오렌지는 그냥 잔잔한 시골 같은 느낌이었으니까. 그래서 나는 휴대폰 폰카로 마켓플레이스 곳곳을 찍었다.

'아, 화질이 구리다. 이태리 디카를 몰래 가지고 올걸.'

그래도 나는 집으로 돌아가서 인터넷에 접속했다. 친구들의 싸이월드 방명록에 겨울이 오면 한국으로 갈 테니 얼굴 볼 날을 기다리고 있으라고 했다. 12월 연말부터 1월 새 학기가 시작될 때까지 2주 정도는 쉴 수 있었다. 집으로 돌아와서 모친에게 언제 한국에 갈 수 있느냐고 물었다.

"넌 한국 못 가."

"그게 무슨 말?"

"너희 둘 다 놀기 위해 미국에 온 게 아니라, 살기 위해 미국에 온 거잖니. 겨울방학 2주 동안 밀린 공부나 해. 한국 생각은 그만하고, 미국 사람으로 살 생각을 해."

그 생각은 늘 하고 있다고요!

하지만 소리 내어 말하지는 못하고 "아, 씨"만 내뱉고 방으로 들어갔다.

겨울 휴가를 앞둔 어느 날, 민형이는 신이 나서 콧노래를 불렀다.

"뭐가 그렇게 신나는데?"

민형이가 말했다.

"누나하고 나, 한국 가거든."

대부분의 유학생들은 향수병이 밀려오기 전에 긴 여름방학이 오면 한국으로 떠난다고 했다. 겨울 휴가가 와도 한국으로 돌아가고. 하지만 민형이와 민희는 겨울에만 집에 간다고 했다. 오렌지 유치원에 처음 왔을 때, 정원의 연못을 들여다보던 민희가 떠올랐다. 그 쓸쓸한 표정이 어떤 마음에서 나오는 건지 이제는 이해가 갔다.

'다들 한국으로 돌아가는데, 오렌지에 남는다는 게 이런 기분이구나.'

복도를 돌아다니다 보니 마주치는 한국 애들의 표정이 모두 밝았다. 짧은 휴가지만 한국으로 돌아가서 친구들과 못 만난 가족들을 만날 테니 벌써부터 설레는 게 틀림없었다. 나는 운동장에서 드리블 연습이나 하려고 가건물 창고에 들어갔다. 그런데 운동장에서 언제나 굴러다니던 농구공이 그곳엔 없었다.

가건물 창고 안은 체육 선생님인 베트남인 딘 선생님의 간이 사무실로도 쓰고 있었다. 내가 들어갔을 때 딘 선생님은 덤벨 운동 중이었다. 숨을 씩씩거릴 때마다 이두박근에 핏줄이 팍팍 튀어나왔다. 가느다란 내 두 팔과는 너무 차이가 났다. 나는 딘 선생님이 설치한 웨이트 트레이닝 운동 기구에 눈이 갔다. 저거면 2주 동안 미국에서 마음의 안정을 좀 찾을 것 같았다.

어느 순간, 농구공을 찾는 건 잊어버리고 어느새 딘 선생님 앞에 서 있었다. 나는 다른 친구들보다 늘 발이 빨랐다. 하지만 백인이나 멕시칸 애들에겐 늘 힘으로 밀렸다. 그런데 딘 선생님을 보고 있자니, 그 대안이 떠올랐다.

"Mr. Dinh, may I work out in here every day?"("선생님, 저도 여기서 매일 운동해도 되나요?")

딘 선생님은 덤벨을 내려놓고 내게 다가왔다. 몸에서 근육질 남자의 땀내가 훅 끼쳐 왔다.

딘 선생님은 웨이트 트레이닝을 해 본 적이 있느냐고 물었다. 나는 없다고 대답했다. 그랬더니 함부로 웨이트 기구를 쓰면 부상을 입으니 체계적으로 배울 필요가 있다고 했다.

"So where should I go?" ("그럼, 어디서 배워야 해요?")

"You can learn from me for a small fee." ("약간의 수업료만 내면 내게 배울 수 있어.")

"Mr. Dinh, it's winter vacation soon." ("딘 선생님, 곧 겨울방학이잖아요.")

딘 선생님은 2주 내내 체육관에서 웨이트 트레이닝을 할 거라고 했다. 봄에 대회에 나가기로 했다면서. 그 기간 동안 내게 웨이트 기구 다루는 법을 가르쳐 준다는 것이다.

"Mr. Dinh, can I be a muscle man in 2 weeks?" ("딘 선생님, 2주 만에 근육맨이 될 수 있어요?")

딘 선생님은 베트남인 특유의 표정 없는 얼굴로 나를 바라봤다.

"That's impossible." ("그건 불가능.")

2주의 겨울 휴가 내내 나는 아침에는 머리를 쓰고, 방과 후에는 몸을 썼다. 집으로 돌아오면 영어로 일기를 썼다. 신기하게도 영어로 일기 쓰는 일이 이젠 그리 어렵지 않았다. 점점 아침에 똥 싸는 거보다 쉬워졌다. 머릿속에 떠오른 한국어 문장을 금방 영어로 바꿀 수가 있었다. 나도 내 머리가 신기해서 감탄할 정도였다.

'아, 내 머리에 똥만 찬 건 아니군. 한국에서 영어 공부 좀 열심히 할걸.'

이런 생각은 안 했고, 그냥 미국에서 살 수 있겠다고 생각했다.

내 일기장에는 매일매일 온몸이 쑤셔 온다는 이야기가 덧붙었다. 하지만 며칠 후에는 내 몸이 탄탄해지고 있다는 글을 쓰게 됐다.

이태리는 내가 아침에 시리얼을 먹으면서도 끙끙 앓는 소리를 낸다고 했다. 뭐, 그러거나 말거나. 어깨가 두꺼워지고 다리가 굵어졌는데, 스피드는 느려지지 않았다. 물론 딘 선생님의 말대로 2주 만에 근육맨이 되는 건 불가능했다. 하지만 2주 후에는 딘 선생님 없이 방과 후 혼자 웨이트 트레이닝 가능.

2007년 1월 프레시맨 새 학기가 됐을 때, 민형이는 내 팔뚝을 만져 보며 놀라워했다.

"와, 형은 이제 몸도 미국식으로 바꾸기로 한 거?"

하지만 농담을 하는 민형이의 표정은 뭔가 밝지 않았다. 수업이 시작되기 전에 그 이유를 물어도 "몰라" 하며 귀에 이어폰을 꽂았다.

'뭐야, 한국에 가서 뒤늦게 중2병 옮아왔나?'

더구나 민형이는 농구도 좋아하지 않아서 예전처럼 놀 기회가 별로 없었다. 내가 미국 애들하고 가까워지자 민형이와는 어째 멀어진 느낌이 들기도 했고.

대신 새 학기에는 한국에서 들어온 애들과 친해졌다. 거의

10명 가까운 한국 유학생들이 오렌지 유치원에 입학했다. 작년 9월과 달리 민형이는 새 학기에 들어온 애들을 본척만척했다. 나한테만 싸늘한 게 아니라 새로 온 유학생 애들과도 좀 거리를 두는 게 느껴졌다.

'하아, 자기 누나를 닮아 가나?'

결국 오렌지 유치원 프레시맨 사이에서 내가 새로 들어온 한국인 학생들의 보모 역할을 맡았다. 뭐 대단한 일을 했던 건 아니고, 민형이와 비슷한 일을 했다. 게다가 9학년은 나보다 나이가 한 살씩 어려서 다들 나를 형처럼 따랐다. 한국에서 반장도 안 해 본 내가 어쩌다 프레시맨들의 반장처럼 된 이상한 경우.

그 시절 내 일기에 썼던 마지막 문장.

-"It doesn't make any sense, sir. Why? Why do I deserve to go? Why not any of these guys? They all fought just as hard as me." ("대위님, 이건 말도 안 됩니다. 왜죠? 왜 저만 돌아가야 합니까? 다른 전우들은요? 그 친구들도 저만큼 용감히 싸웠습니다." <라이언 일병 구하기> 중에서)

영어의 세계

그렇게 나는 프레시맨 1월 신입생 중 테디와 친해졌다. 테디는 나와 동갑인 연년생 누나 애니와 함께 작년 겨울에 오렌지로 유학 온 남매였다. 둘은 한국에서 미국으로 오자마자 일단 영어 이름부터 만들었다. 테디는 나보다 훨씬 영어를 잘하는 아이였다. 그런데 소심해서인지 그만 입이 꽉 붙어 버렸다. 선생님의 질문을 다 알아듣는데, 영어로 말을 하지 못했다. 전자사전 없이도 그 대답을 유창하게 글로 쓸 수는 있었지만.

그 모습이 옛날의 나를 보는 것만 같았다. 그래서 좀 더 친절하게 대했고 어느새 테디하고는 형 동생처럼 가까워졌다. 테디는 오렌지 유치원과 가까운 부촌에 살았다. 가끔 나와 함께 하교할 때도 있었다.

그를 처음 봤을 때, 루이와 마크가 내게 누구냐고 물어봤다.

"He is my little brother. I'm Taejo, this boy is Teddy." ("내 동생. 나는 태조, 이 녀석은 테디.")

가끔 나는 루이와 마크를 먼저 보내고 테디와 그라질비아 공원에 갔다. 테디는 학교를 답답해해서, 학교 밖 다른 곳에 가고 싶어 했다. 학교에서 멀지 않은 그라질비아 공원에 데려가자 즐거워하는 게 눈에 보였다. 그 후로 우리는 종종 방과 후에 그라질비아 공원에서 농구를 했다.

"여기선 한국어로 마음껏 떠들어야지."

어느 날인가 테디가 그리 말했다.

"야, 학교에서도 유학생들 다 한국말로 떠들잖아."

"아니, 학교에서는 뭔가 숨이 막혀. 그런 데다 영어도 막히니까 아예 말문이 막히는 거 같아. 형 말고 다른 유학생들하고는 친해지기도 힘들어."

내가 던진 농구공이 펜스를 맞고 튀어나왔다.

"너도 여기 억지로 왔어?"

농구공을 주워서 패스하며 물었다.

"아니, 형. 나는 진짜 오고 싶었어. 누나도 그렇고 나도 그렇고 초등학교 때부터 조기 유학이 꿈이었어. 나도 태조 형처럼 미국에서 살 거고."

"이 자식 근데 왜 이렇게 기가 죽었냐?"

"아, 모르겠어. 그냥 나하고 다르게 생긴 애들을 보면 겁이 나. 형은 안 그래?"

"그게, 나는 어렸을 때 이태원에서 자라서."

사실 말은 그렇게 했지만, 센 척이지. 나도 오렌지 유치원에 처음 왔을 때 너무 긴장되었던 게 사실이다.

"테디야. 근데 우리도 열여섯, 열일곱이고, 그 자식들도 똑같은 나이거든. 동전의 앞면하고 뒷면이 다른 것처럼 그냥 서로 눈 색깔, 머리 색깔만 조금 다른 거야."

나는 테디에게 공을 패스했다. 테디가 공을 받고 드리블을 하면서 고개를 저었다.

"아니야, 그건 가진 자의 여유."

그러면서 테디는 한숨을 내쉬었다.

"형, ESL 한 학기 만에 테스트 거쳐서 다음 단계 수업 하나 더 듣는다면서. 거기다가 현지 학생이 듣는 영어 수업도 듣고. 한 학기에 영어를 세 개나 듣는 학생은 처음이래."

오렌지 유치원의 모니카 영어 선생님은 그런 나를 칭찬해 줬다. 한국인 유학생, 사실 나는 유학생은 아니지만, 어쨌든 한국에서 온 학생 중 유학생 영어 ESL을 두 개나 듣는 학생은 없었다고. 거기에 현지 학생이 듣는 영어 수업에도 도전까지 했다면서. 물론 나는 영어에 미치기보다, 일단 미국에서 살 거니까 영어부터 마스터하자고 생각했을 따름이었다.

그런데 모니카 선생님이 워낙에 '태조'를 팔고 다니는 바람에 선생님들 사이에서 종종 내 이름이 언급됐다. 당연히 다른 유학생들도 "또 태조가?" 이런 식의 반응이었고.

학교가 워낙 작아서 다음 날 나는 복도에서 테디의 누나 애니와 우연히 만났다. 애니는 여기 오기 전에 이미 외고에서 전교 등수로 놀았던 아이였다. 애니는 테디와 함께 다니는 나를 보자마자 고개를 끄덕였다.

"아, 그 유명한 애가 너구나. 오렌지의 초스피드 '검머외' 과정 습득!"

내가 영어 수업을 몰아서 듣자 유학생들 사이에서는 말이 좀 많았다. 특히 나처럼 고등학교 1학년, 그것도 전국의 알아주는 외고를 다니던 애들 몇몇이 투덜거렸다. 학교 사무처장 아들과 친해지더니 얼렁뚱땅 ESL 다음 단계까지 한꺼번에 들을 수 있게 된 거 아니냐는 말까지 있었다.

사실 그건 애들 생각은 아니었다. 민형이에 따르면 학무모들 사이에서 그런 말이 풍문처럼 돌았다고 했다. 우리 아들, 딸보다 한국에서 공부도 못하던 애가 갑자기 영어를 잘하는 게 이상하다는 거였지. 게다가 수학이나 과학은 여전히 밑바닥인 아이가.

심지어 친누나마저 나를 못 믿었다.

“너, 진짜 친구 덕분에 영어 실력 인정받는 거야? 나도 그 덕 좀 볼 수 있으면 안 될까? 내 남친은 이 학교의 권력이 아니라서 말야.”

새 학기가 시작되면서 이태리는 미국에서 태어난 ‘검머외’ 형과 커플이 됐다.

심지어 그 검머외 형에게 한국어를 가르쳐 주며 노닥거렸다. 어색하게 한국말을 따라하는 짙은 눈썹의 남친이 너무 사랑스럽다고도 했다. 근육질에 키 180센티미터짜리 순박한 시골 초딩과 함께하는 기분이라고 했다.

“누나도 그럼 ‘검머외’ 남친하고 한국어 말고 영어로 대화를 해.”

“왜 이래, 가끔 영어도 섞어 쓰거든?”

"화나면 남친한테 가끔 영어로 욕이나 하겠지."

"아, 진짜. 너, 너무 기세가 등등하다. 애가 너무 달라졌네. 찐따 내 동생 어디 갔어? 너 왜 이렇게 변했니?"

물론 내 편을 드는 애들도 있었다. 일단 민형이는 예전처럼 친하지는 않았지만, 내 실력을 인정해 줬다.

"형은 전략적인 학습법을 택했어. 그게 먹힌 거지."

물론 칭찬인지 아닌지는 모르겠지만.

그리고 테디는 아기 새처럼 나를 따라다녔다. 물론 내가 테디하고 영어로 대화를 하는 건 아니었다. 그래서 그게 테디에게 좋은 건지도 알 수 없었다. 하지만 테디는 그거면 충분하다고 했다.

"일단 니키하고 태조 형이 있어서 공황장애가 안 온다고."

테디의 초등학교 동창인 니키도 내 편이었다. 둘은 신기하게도 초등학교 이후 연락이 끊겼다가 오렌지 유치원에 입학하면서 재회했다.

"오빠, 신경 쓰지 마. 무시당하고 따돌림당하느니 질투의 대상이 되는 게 더 나으니까."

처음엔 니키가 나보다 나이가 많은 줄 알았다. 키도 나보다 컸고, 뭔가 어른스러운 분위기가 있었다. 그 니키가 아직 꼬맹이구나, 라고 느껴지는 순간은 테디와 〈포켓몬스터〉 이야기하며 수다를 떨 때가 전부였다. 아니면 초등학교 때 친구들 흉보며 서로 킬킬대거나 할 때.

나는 그 둘을 빤히 쳐다보는 게 왠지 좋았다. 그럴 때면 나도 보광동 친구들이 무척 그리워졌다. 한국에 가면 그 친구들이 다 있을 텐데. 같이 만나서 어린이집 다닐 때부터 고교 시절까지 다 같이 이야기하며 킬킬거릴 수 있을 텐데.

그러자 문득 애니가 말한 '검머외'가 생각났다.

'내가 '검머외'라고? 이렇게 한국 친구들을 그리워하고 있는데…….'

하지만 나는 'America's Survival'에 이태원과 보광동에서의 추억을 적지는 않았다. 그 추억의 언어가 이 일기장에 밀려들면 안 된다고 생각해서.

3월이 오니 기분이 좀 이상해졌다. 지금 한국의 친구들이 다들 고등학교 2학년에 올라갔을 것 같아서. 지금쯤 새 학년, 새 학기라 다들 뭔가 들떠 있겠구나 싶어서. 그런데 그해 3월, 오렌지 유치원에서도 뭔가 시끌시끌한 일이 일어났다.

아, 그전에 작은 사건도 하나 일어났다.

민형이가 내게 중요한 사실을 고백했다. 쉬는 시간에 교실에 앉아 있는데 민형이가 슬그머니 내 옆으로 다가왔다.

"형, 나 니키가 좋아. 나한테 소개해 주면 안 돼?"

"야, 왜 나를 끼워. 네가 말하면 되잖아!"

나는 아무 생각 없이 얼굴도 쳐다보지 않고 말했다.

"뭐야, 왜 이렇게 시큰둥해? 혹시 형이 니키 좋아하는 거 아니야?"

"야, 아니거든……!"

그때 마침 니키가 교실 안으로 들어왔다.

나와 민형이 모두 순간적으로 니키를 바라봤다. 니키도 우리와 눈이 마주치며 가볍게 눈웃음치고는 자리에 앉았다. 그때 민형이가 말했다.

"Hey, Taejo doesn't like you." ("야, 태조 형은 너 안 좋아한대.")

그 말을 듣고 니키는 잠시 황당한 표정을 짓고 있다가, 이내 다시 웃었다.

"I don't like you either." ("나도 너 안 좋아해.")

니키는 손가락으로 민형이를 가리켰다.

"니키야, 나는……."

내가 뭔가 설명을 하려는데, 니키가 다시 자리에서 일어났다.

"큰일났네. 이번 학기에는 진짜 여자친구 필요한데."

민형이가 투덜대듯 말했지만, 그 소리가 귀에 들어 오지는 않았다. 나는 혹시 니키와 관계가 어색해질까 봐 걱정이 됐다. 하지만 다음 날 니키가 먼저 테디하고 함께 다가와 밝게 웃으며 말을 건넸다.

며칠 후, 민형이를 복도에서 만났다. 민형이가 내 옆으로 슬그머니 다가왔다.

"넘겨짚은 거야."

"뭐가?"

"니키가 단번에 거절해서. 혹시 형을 좋아하나 싶어서."

"여자가 단번에 거절하면, 그건 그냥 끝이야."

"웃으면서 거절했다고."

"미소를 짓건, 눈에 불을 켜건."

"형이 무슨 연애 박사냐? 모태솔로 주제에."

"연애 박사인 누나가 있으면 대충은 알게 돼 있어."

그때 마침 이태리가 '검머외' 남자친구와 함께 씩씩대며 복도를 걸어갔다. 나는 드디어 이태리가 오렌지 유치원에서 사귄 첫 미국 남자친구와 헤어지는 건가 싶었다. 하지만 그게 아니었다.

"당장 모니카한테 따지러 갈 거야. 뭐? 아니, 미국 학교에서 한국인이 왜 한국말을 못 해? 그게 무슨 헛소리? 이런 개 같은 차별 앞에 내가 가만히 있을 순 없지."

그날 일기에 쓴 마지막 문장.

-"It's not wise to upset a Wookiee." ("우키를 화나게 하는 건 어리석은 짓이야." <스타워즈1> 중에서)

차별의 세계

이태리 누나는 1년 가까이 오렌지 유치원의 한국인 유학생 세계 속에서 살았다. 그건 영어가 크게 필요 없다는 뜻이기도 했다. 다만 외국인 애들하고는 생각보다 잘 어울리지 못했다. 가장 친한 외국인이 바로 '검머외' 한국인 남친이었다.

"라이언 필립도 없고, 사귈 만한 애는 더더욱 없고."

이태리의 '검머외' 남자친구까지도 얼핏 보기에 찐따 같기는 했다. '검머외'도 평소에는 늘어진 티셔츠 차림에 멋도 제대로 안 낸 짧은 머리였다. 하지만 데이트할 때는 말끔하게 차려 입고 누나를 만나러 왔다. 뭔가 어수룩하고 뱃살은 좀 있어도 가슴 근육도 빵빵했다. 나름 누나의 기준에서는 성공한 유학이었다.

그러나 이태리가 대학입시를 시작해야 할 11학년에서 부진한 학습 능력을 따라 잡기는 쉽지 않았다. 물론 이태리는 한국에서부터 학교에서 성적 나쁜 통지표를 숨기던 버릇을 미국에서도 고치지 못했다.

"그냥 괜찮아. 학교 재밌어. 여기서는 어떻게든 대학은 보내준대. 난 어차피 공부 위주가 아니라 패션스쿨 쪽으로 알아볼 거니까. 엄마, 나 지난겨울에 운전면허는 땄잖아. 영어 못해도 운전면허만 있으면 미국에선 살 수 있는 거야."

이태리는 나와 달리 참 긍정적인 인간이었다.

하지만 그런 누나를 열받게 만든 사건이 오렌지 유치원에서 일어났다.

바로 지금껏 없던 오렌지 유치원의 미친 교칙. 오렌지 유치원 내에서는 공식적으로 영어만 쓸 수 있다는 교칙이 제정됐다. 이제 다른 언어권의 학생들은 한국어, 중국어도 못 함. 심지어 스페인어나 프랑스어도 쓸 수 없음.

사실 이태리 누나만이 아니라 다른 소수 인종 아이들 모두 불만이 많았다. 중국인, 베트남인, 히스패닉, 멕시칸 그 외에 많은 아이들이 오렌지 유치원에서 자기 나라 말로 알아서 떠들었다. 영어는 각기 다른 인종의 아이들이 대화를 나눌 때만 짧게 쓰는 신호 같은 거였다.

하지만 오렌지 유치원의 다른 백인 애들은 이 교칙에 불만이 없었다. 루이와 마크도 마찬가지였다.

영어가 지배적인 언어니까 무조건 그 말을 쓰라는 건 아니었다. 사실 오렌지 유치원의 오렌지 현지 아이들이 영어 담당인 모니카 선생님에게 몇 번 불만을 제기했다고 한다. 다른 아이들이 영어를 쓰지 않으니 백인 아이들이 학생들 무리에서 따돌림을 당한다는 거였다.

같이 운동장에 앉아서 땅콩 샌드위치를 먹던 마크도 내게 그리 말했다.

"Chinese students in Sophomore glance and say something." ("소포모어의 중국 애들이 곁눈질로 나를 보면서 뭐라고 해.")

마크는 두꺼운 안경을 올려 쓰며 씁쓸한 표정을 지었다.

"But I don't know what it is. So there are times when I feel even worse." ("그런데 그게 뭔지 모르겠어. 그러니까 더 기분 나빠질 때가 있지.")

"Well, maybe it's just chattering." ("뭐, 그냥 수다 떨 수도 있는 거잖아.")

나는 그렇게 말했다. 그때, 루이가 다가와서 내 어깨를 툭 쳤다.

"I also feel that way sometimes." ("나도 가끔 그런 느낌을 받지.")

그러면서 복도에 서 있는 멕시칸 여학생들을 가리켰다.

"Foreign languages whispered between girls. Of course, the girls will be thrilled to see how cool I am." ("여자애들이 속삭이는 외국어들. 물론 멋진 나를 보고 짜릿해 하는 거겠지.")

루이가 히죽 웃었다.

"Even if I can't understand the words, I can understand it by listening to the intonation." ("말은 못 알아 들어도 억양을 들으면 알 수 있거든.")

나와 마크는 루이에게 동시에 가운뎃손가락을 내밀었다.

물론 이태리 누나는 모니카 선생님에게 가운뎃손가락을 내밀지는 못했다. 누구보다 강하게 따지지도 못했다. 일단 영어가 안 됐다. 다만 몇몇 외국인 학생들의 항의에 모니카 선생님의 답변은 이런 식이었다.

최근 영어권 학생들과 비영어원 학생들 간의 벽이 점점 더 두

터워지고 있다. '가족적인 교육'이 모토인 오렌지 유치원에서는 이런 것을 더 방치할 수 없다. 영어권 학생과 비영어권 학생들의 거리가 멀어지는 까닭은 바로 언어 때문이다. 특히 오렌지 유치원은 전체 학생 규모로 볼 때 오히려 영어를 모국어로 쓰는 학생들이 적다. 스페인어, 프랑스어, 한국어, 중국어, 베트남어 등을 쓰는 학생들의 수를 합하면 그 수가 절반을 넘는다. 이미 오래전부터 비영어권 학생들이 자기 말을 쓰는 학생들끼리만 친해지는 것을 알고 있었다. 오히려 영어만 쓰는 오렌지 본토 학생들이 따돌림을 당하는 추세였다. 그렇기에 오렌지 유치원의 교육 방침에 맞춰 이제 학교 내에서는 오직 영어만 쓰도록 정했다…….

이태리 누나를 비롯한 유학생이나 멕시칸 학생들은 이렇게 반박했다.

"이것은 학생의 자유를 침해하는 일이에요. 우리는 미국에서 살지만 미국에서도 우리나라의 모국어를 쓸 권리가 있어요."

모니카 선생님은 간단하게 답변했다.

"맞아, 미국은 자유의 나라지. 그러니 너희들이 학교 밖에서는 중국어를 쓰건 한국어를 쓰건 상관이 없다. 하지만 이건 학교의 교칙이고 교칙이 싫은 사람은 이 학교를 자퇴하고 다른 곳으로 가면 된다."

마지막에 이태리 누나를 비롯한 몇몇 유학생들은 그들의 부모님에게 애원했다.

"엄마, 학교에서 한국말을 못 쓰게 해. 너무하지 않아?"

이태리의 말을 듣고 저녁 준비를 하던 모친은 뒤도 돌아보지 않고 말했다.

"잘됐네. 그래야 영어가 늘지."

물론 다른 유학생들의 엄마들도 마찬가지.

결국 오렌지 유치원의 모든 학생들은 영어를 써야 했다. 그럼에도 가끔씩 화장실이나 운동장에서 자기 나라 말로 수군거렸다. 다만 오렌지 현지 학생이 옆에 있을 때는 모두 영어를 썼다. '자국인의 말을 쓸 때는 반드시 외국인 학생에게 영어로 설명해야 한다'는 부칙도 있었다.

소포모어 민희와 함께 듣는 미술 수업 시간 때였다. 민희가 내 옆 자리에 앉아 있다가 내게 한국말로 말했다.

"나는 이건 끔찍한 교칙이라고 생각해."

그러고는 곧바로 그 옆에 앉아 있는 백인 학생들에게 영어로 통역했다.

"나는 이 학교에서 백인 애들의 발음만 듣고 싶어. 다른 나라 말은 그냥 흘려들으면 되니까. 이젠 멕시칸, 중국 애들, 베트남 애들, 한국 애들이 말하는 이상한 영어를 계속 들어야 한다고."

"Why are you speaking Korean to me now?" ("지금 왜 나한테 한국말로 해?")

그러자 민희가 알 수 없는 표정을 지으며 작게 말했다.

"답답해서."

나는 고개를 끄덕였다.

"그렇지. 안 쓰는 거하고, 못 쓰는 건 다르니까."

나도 작게 대답했다.

우리 둘은 멀뚱한 표정의 백인 애들에게 방금 우리가 한 말을 영어로 다시 통역했다.

오렌지의 영어 교칙 사건은 그렇게 조용히 묻혀 갔다. 더 큰 사건이 일어났기 때문에. 바로 2007년 4월에 일어난 버지니아 공대 총기 난사 사건. 32명이 숨지고 23명이 다친 끔찍한 사건이었다.

오렌지 유치원의 학생들도 모두 그 사건을 들었다. 처음에는 범인 조승희가 중국인이라는 소문이 돌았지만 결국 한국인으로 밝혀졌다. 그 때문에 한국인 유학생들의 분위기는 침울해졌다.

유학생들의 엄마들도 혹시나 뭔가 위협을 당하지 않을까 걱정했다. 하지만 치안이 안정되고 평등한 도시, 오렌지에서 눈에 띄는 인종차별 사건은 일어나지 않았다.

그래, 눈에 띄는 사건은 일어나지 않았지.

근데 눈에 안 띄는 사건은 일어나기 마련이었다.

그날도 나는 다른 날과 다름없이 자전거를 타고 학교에 갔다. 집에서 나와 빌라파크 로드로 들어 서기 전, 싱글하우스 주택가를 지나갈 때였다. 넓게 보면 아직 우리 동네를 벗어나기 전. 근데 그때의 기억을 떠올리면 모든 순간이 갑자기 느리게 변하는 것만 같다.

싱글하우스 밖으로 이제 막 초등학교에 입학했을 것 같은 아이가 걸어 나왔다. 나도 몇 번 본 애 같기도 했는데, 확실하지는 않았다. 나의 아메리칸 라이프가 동네의 백인 꼬마 얼굴까지 익힐 정도로 한가한 삶은 아니니까.

그런데 그 애가 내게 계란을 던졌다. 계란은 나를 맞추지 못하고 바닥에 떨어져 깨져 버렸다. 잠시 자전거를 세운 나는 그 아이를 쳐다보았다. 화가 난 건 아니었다. 이게 무슨 상황인지 순간적으로 파악이 되지 않았으니까. 그 백인 아이가 작은 입술로 말할 때까지.

"Get out of your country, you little-eyed Asian." ("너희 나라로 꺼져, 이 눈 작은 동양인아.")

영어를 알아듣지 못했다면 기분이 덜 나빴을까?

아니, 영어를 몰라도 그 아이가 열받은 건 눈치 챘다. 만국민의 공통 분노어, 씩씩거림. 일단 지각하지 않기 위해 다시 자전거 페달을 밟았다. 학교에 다 돌아와서야 '깨진 계란이 내 머리통이 되는 날도 있을까?' 이런 생각이 들었다.

학교에 도착해서 오전 수업을 받을 동안 계속 머리가 멍했다. 기분이 나쁜 것과는 좀 달랐다. 누군가 내 머리를 톡 깨서 노른자를 빼 버린 것처럼 멍했다.

"형, 왜 그래?"

민형이가 내게 물었다. 테디나 니키도 한 마디씩 툭툭.

근데 그 애들한테 말하고 싶지는 않았다.

수업이 끝나고 나는 테일러 선생님을 찾아갔다. 테일러 선생님은 내가 겪은 일을 다 듣고는 고개를 끄덕끄덕했다.

"What advice do you want me to give? I'd like to give you practical advice." ("어떤 조언을 원해? 난 현실적인 조언을 해주고 싶은데.")

나는 고개를 끄덕였다.

테일러 선생님의 조언은 냉정했다. 내가 이 일을 가지고 경찰에 가서 이 사건을 알릴 수도 있다고 했다. 하지만 테일러 선생님은 내가 이 사건을 묻고 가길 바란다고 말했다. 경찰은 미국 시민이 아닌 나와 우리 가족 편을 들지 않을 거니까. 결국 내가 더 억울한 마음이 들 거니까. 이 사건은 여기에서 그냥 묻고 가는 게 더 현명하다면서.

나는 테일러 선생님에게 감사하다고 말하고 자리를 떠났다. 마음이 묵직한 것이 가벼워졌냐고? 차라리 눈물이 흘렀으면 시원할지도 몰랐다. 그런데 이상하게 눈물은 흐르지 않았다. 오히려 몸과 마음이 더 바짝 말라 붙는 기분만 들 뿐이었다.

나는 방과 후에 체육관에서 가서 열심히 몸을 펌핑했다. 내 몸이 점점 커져서, 물론 키는 클 수 없지만 어깨라도 넓어져야 함부로 나를 무시할 수 없을 것 같았다. 나를 보던 딘 선생님이 다가와서 기구가 망가지겠다며 너스레를 떨었다.

하지만 딘 선생님의 눈빛을 보니 입을 다물고 있을 수만은 없었다. 무언가 본능적으로 알고 있는 눈빛이었다.

“A fucked up thing happened.” (“기분 나쁜 일이 일어났어요.”)

나는 그날 아침의 일을 딘 선생님께 털어놓았다.

딘 선생님이 고개를 끄덕이다가 심각한 얼굴로 말했다.

"Got some Vietnamese gangsters I know." ("내가 아는 베트남 갱스터들이 있어.")

그러더니 갑자기 덤벨 하나를 들어서 휘둘렀다.

"Shall I release the gangsters in front of that little boy's house?" ("그 꼬맹이네 집 앞에 갱스터를 풀어 놓을까?")

피식 웃자, 딘 선생님이 어깨를 툭 쳤다.

"Build muscle and forget about that kid." ("근육 키우고, 그런 꼬마는 잊어버려.")

운동을 하고 학교 밖으로 나왔는데, 테디와 니키가 기다리고 있었다.

"뭐야, 너희 여기서 뭐해?"

교문 밖으로 나오자마자 언제 영어를 썼냐는 듯 한국말이 터져 나왔다.

"형, 오늘 기분 나쁜 일 있어?"

나는 잠시 고민하다 말했다.

"아니, 운동 좀 하다 나오느라고."

그러자 테디가 니키에게 말했다.

"봐, 형 별일 없다니까. 지영이가 형 좀 꿀꿀해 보인다고 기다렸다 같이 가자잖아."

지영이는 니키의 한국 이름이었다.

"나 괜찮은데? 얼른 가자."

우리는 각자 자전거에 올라탔다. 니키는 늘 홈스테이 선생님이 데리러 오지만 그날은 테디 자전거에 올라탔다.

"어, 너 여기 왜 타?"

테디가 물었다.

"매일 둘이 같이 어디 가? 사귀는 사이?"

니키가 물었다.

"그냥, 공원에서 농구해."

내가 대답했다.

"나도 오늘은 거기 가고 싶어."

그래서 우리 셋은 함께 그라질바 공원에 갔다. 나와 테디가 농구하는 동안 니키는 벤치에 앉아서 빈둥거렸다. 그때 농구공이 니키에게로 굴러 갔다.

"같이 산책할 사람?"

니키가 공을 든 채 물었다.

"지금 내가 테디한테 지고 있다고. 그리고 산책은 무슨. 니키

너도 홈스테이 선생님 걱정하기 전에 빨리 가야지."

니키는 테디에게 두 손으로 힘껏 농구공을 던졌다. 나는 그 공을 빼앗아 다시 경기를 시작했다. 이상하게 테디한테 지고 싶지 않은 경기였으니까.

그날 일기에 쓴 마지막 문장.

-"It's not your fault."("네 잘못이 아니야." <굿 윌 헌팅> 중에서)

커플의 세계

나와 다르게 오렌지 유치원의 한국 유학생들은 살기 위해서가 아니라 대학 때문에 입학했다. 물론 잘 사는 집 애들 중 어떤 애들은 한국에서 사고를 치고 쫓겨 오듯 오는 경우도 있었다. 하지만 아무리 공부 때문에 왔더라도 민희처럼 오직 대학 진학만 바라보며 살지는 않았다. 다들 그녀 같은 냉혈인간은 아니었기 때문이다. 오히려 타국의 외로움과 쓸쓸함을 견디기 어려워했다. 그걸 떠나서 한국에서건 미국에서건 다들 사랑에 빠질 나이였다.

다만 시골마을 오렌지 유치원의 학생들은 유치원 밖에서 짝을 찾을 환경은 못 됐다. 그래서 현지 학생이나 한국 유학생들은 이 자그마한 오렌지 유치원에서 마음에 드는 상대를 물색했다.

의외로 한국인 유학생들끼리 사귀는 경우는 많지 않았다. 알고 보니 '외국까지 나왔는데 굳이 한국 사람과?'라는 문화가 퍼져 있었다. 그래도 백인이나 히스패닉보다는 같은 피부색과 같은 머리카락 색깔의 베트남, 홍콩, 대만, 중국 쪽 학생들과 사귀는 경우가 많았다. 또 돌봐 주는 사람 없이 혼자 자취하는 홈스테이 유학생 중 몇몇은 자기 방을 섹스 룸으로 만들었다. 주니어와 시니어 한국 학생 중 몇몇이 그런 걸로 유명했다. 가끔 그 무리에 끼어 같이 재미 좀 보려는 유학생들도 종종 있었다.

이태리도 입학한 지 한 달 만에 그런 애들의 유혹을 받았지만 거절했다고 내게 말했다.

"나를 멋모르는 한국 촌뜨기라고 생각한 거지. 근데 내가 연애는 걔네보다 더 잘 알았거든. 더구나 내가 생각하는 연애는 처음부터 대놓고 발정은 아니니까."

그 이야기를 오렌지 유치원 시절에 한 건 아니었다. 이태리는 우리가 둘 다 성인이 된 어느 날, 내게 지나가듯 말했다. 그때 달려드는 날파리들을 치우기 위해 일찍 같은 학년 '검머외' 주니어와 사귀게 된 것도 같았다고. '검머외'의 이름은 대니. 대니 형은 구김살 없이 '만사 오케이!' 같은 태평하고 유쾌한 형이니까. 그때 오렌지 유치원에서는 고민 없고 외롭지 않은 놈이 가장 매력적인 놈으로 보였는지도 몰랐다.

이태리 누나는 한국말이 서툰 대니에게 한국식 '닭살 연애'를 가르쳤다. 두 사람의 애정행각은 꽤 화제여서 오렌지 유치원 친구들이 내게 와서 두 사람의 닭살 행각에 대해 투덜거렸다. 정원이나 복도, 식당 어디서나 붙어 다니며 혀 짧은 소리로 '서방', '여보' 이런 말들을 해가며 놀고 있었다. 정원에서든 학교 식당에서든 그들의 목소리는 늘 화제였다. 아무래도 두 사람의 연애는 아메리카 정서는 아니었다. 그 때문에 오렌지의 주니어들은 국경을 막론하고 서방이나, 여보, 그 외에 닭살 돋는 한국식 애정행각을 목격해야만 했다.

물론 평범한 한국인 유학생들이 보기에는 종종 손발이 오그라들었다.

심지어 테일러 선생님도 내게 물어보았다.

"Do Korean students tend to be childish when they fall in love?" ("한국 학생들은 사귀면 어린아이로 퇴행하는 거니?")

옆에 있던 민형이가 나 대신 대답했다.

"It's one of the bad influences you get from Korean dramas."

("한국 드라마의 나쁜 악영향이죠.")

한번은 교내에서 한국식 막장 드라마를 목격한 적도 있었다. 이번 주인공은 오렌지 유치원에서 흔치 않던 한국인 유학생 커플이었다.

그들은 늘 심각하게 싸우고 사납게 연애했다. 약간 스스로를 〈발리에서 생긴 일〉의 조인성, 하지원 기믹(gimmick)쯤으로 착각하는 듯했다.

그날은 하지원 기믹이 친구하고 교내의 테이블에 앉아 퍽퍽한 샌드위치를 먹고 있었다. 그때 조인성 기믹이 씩씩거리면서 나타났다.

"야!"

조인성 기믹이 하지원 기믹의 어깨에 손을 얹었다.

"이 손, 치우지? 우리 이제 끝인데."

"뭐냐, 너 어떻게 그러냐? 혹시 딴 놈한테 눈 돌아간 거 아니냐?"

"내가 넌 줄 알아? 너, 한 달 전에 여기 졸업한 홍콩 여자애하고 어바인에서 따로 만났다며?"

하지원 기믹이 먹던 샌드위치를 바닥에 던졌다.

"웃기지 마. 그냥 그 누나가 잠깐 보자고 해서 간 거야. 솔직히 너, 나 처음 만날 때 주니어 중국놈한테서 환승한 거잖아."

그러면서 조인성 기믹이 하지원 기믹의 식탁을 쳤다.

그때 갑자기 예전의 그 주니어 중국놈이 나타났다.

'이건 무슨 뒤늦은 삼자대면?'

내 주위로 슬그머니 10학년인 루이와 마크, 그리고 민희까지 나타났다. 모두들 흥미진진한 얼굴이었다.

민희가 나직하게 말했다.

"Sophomores' biggest scandal." ("소포모어 최대 스캔들.")

하지원 기믹의 옛 남친이 대뜸 조인성 기믹에게 화를 냈다. 이번에는 영어와 중국어를 섞어가며 뭐라 뭐라 했다. 중국어는 욕이요, 영어는 따지는 말이었다. 대충 우리가 알아듣기로는 환승이 아니라 조인성 기믹이 집적거리는 바람에 둘 사이가 완전히 깨졌다는 거였다. 그러면서 중국인 옛 남친은 하지원 기믹을 아직도 사랑한다고 급고백했다.

"아이 러브 유, 워 아이니, 사랑해."

하지원 기믹은 일단 그 이야기는 나중에 하자면서 일어났다.

중국인 옛 남친은 아쉬운 듯 머리를 긁적이며 떠났다. 그러자 조인성 기믹이 하지원 기믹을 따라갔다. 우리들의 눈도 그 뒤를 따라갔고.

"야, 나 아직 이야기 안 끝났어."

그러면서 다시 하지원 기믹의 손목을 잡았다. 그러고선 큰 소리로 외쳤다.

"이 손목시계!"

하지원 기믹이 황당한 얼굴로 조인성 기믹을 바라봤다.

하지원 기믹이 손목시계를 풀어서 던지려고 하자, 조인성 기믹이 말했다.

"그거 비싼 시계야. 금 가기만 해 봐? 그러니까 얌전히 풀어서 줘."

하지원 기믹은 그 손목시계를 풀어서 조인성 기믹의 손에 쥐여 주었다.

"이제 됐지? 누가 이거 사 달라고 했어?"

"그럼 그때 거절했어야지!"

"그땐 몰랐지. 말이 통하는 한국 애하고 사귀면 덜 외로울 줄 알았지. 근데, 몰랐네? 말만 통하지 통 큰 척하고 호통만 치는 개새낀 줄은."

그때 요란하게 누군가 테이블로 다가왔다. 소포모어 학생들을 담당하는 선생님이었다.

그 싸움은 나름 오렌지 유치원에서 화제가 되었다. 소포모어에서 프레시맨으로, 소포모어에서 주니어와 시니어로 퍼져 갔다.

나는 그날 자전거를 타고 돌아가면서, 하지원 기믹이 한 말을 자꾸 떠올렸다.

확실히 한국어는 소중했다. 괜찮아, 다정한 위로의 말부터 씨발 새끼, 좆도 같은 친근한 욕설까지 모두. 오렌지 유치원의 한국 애들에게는 수다의 냄새가 물씬 나는 한국어가 필요했다.

나도 마찬가지였다. 몸은 미국에 있다. 공부에 매진하겠다는 결심도 굳건했다. 종종 여기서 다른 나라의 친구들과 쿨한 우정을 나누기도 했다. 하지만 그게 한국의 친구들과 재잘대며 놀던 추억을 대신할 수는 없었다.

나만 그런 건 아니었다. 민형이나 민희, 니키 같은 애들은 부모님 없이 친척 집이나 홈스테이를 통해 유학 생활을 했다. 그렇기에 아무리 오렌지의 햇살이 따스해도 우리들 마음의 한구석에는 항상 외로운 그늘이 존재했다.

이태리의 남친이었던 대니 형만 같은 한국인이지만 그런 걸 알 리가 없었다. 대신 대니 형은 한국 애들의 우정보다 한국 애들의 닭살 연애를 먼저 배운 셈이었다.

참 희한한 일이었다.

외로운 한국 애들과 외로운 한국 애들이 사귀면 좋을 것 같잖아? 일단 쉽게 말이 통하니까. 허나 오렌지 유치원에서의 결말은 그리 좋지 못했다. 서로 더 외롭고 쓸쓸해서 서로를 지치게 하는 것 같았다. 말이 통하니 서로에게 쉽게 상처가 되는 말을 던져 버리고. 차라리 다른 언어권의 학생과 사귀면 영어로 필터링한 말만 주고받는 셈이었다. 오히려 그런 연애가 더 달콤했을지도 몰랐다.

그걸 그때까지 모태 솔로였던 내가 어떻게 아느냐고? 프레시맨 시절이 지나고 소포모어 2학기 때는 나도 오렌지 유치원에서 한국말을 하는 누군가와 사귀기는 했으니까.

하지만 프레시맨 때는 외로움을 달래려고 종종 공중전화 부스로 달려가 보광동 7인방 친구들과 전화를 했다. 싸이월드를 타고 친구들의 방명록에 글도 남겼다. 내 주변에 7인방 친구들이 있는 것 같아야 마음이 덜 쓸쓸했다.

물론 어느덧 친구들은 지겨워하는 눈치였다.

"너는 무슨 보광동에 살 때보다 연락을 더 자주 하냐?"

"그때는 내가 미국에 안 살았잖아!"

"미국에서 왕따도 아니고 친구도 많다면서? 솔직히 말해 봐.

우리 태조, 미국에서도 찐따지?"

"됐다, 꺼져라."

"웃기네. 일주일도 안 돼서 뭐 하냐고 또 전화할 거면서."

그날 일기에 쓴 마지막 문장.

-"Where are my friends?" ("내 전우들은 다 어디 갔지요?" <람보1> 중에서)

치수는 한 치수 크게

6월이 되고 프레시맨 학기가 끝나 갈 무렵이었다. 학부모회의에 다녀온 모친이 나를 보고 미소를 지어 보였다. 나는 아무 느낌이 없는데, 옆에 있던 이태리가 미간을 찡그렸다.

"엄마, 왜 태조를 보고 그렇게 웃어? 되게 사랑스러운 내 새끼 보는 것처럼."

"오늘 학부모회의에서 기분 좋은 말을 들어서. 테디 엄마가 널 한번 초대하고 싶대."

"나를?"

"그래, 가서 테니 누나 애니하고 좀 친해져 봐. 엄마들 말로는 이번 학기 10학년 유학생 중에 애니가 1등할 거래. 오자마자 참 대단하지 않니?"

"아……."

순간 '프레시맨부터 유학생 1등은 늘 민희였다는데'라는 생각이 들었다.

"애니가 그렇게 수학하고 과학을 잘한단다. 너는 영어 가르쳐 주고, 걔는 수학, 과학 도와주면 얼마나 좋니. 게다가 학년은 한 학년 높아도 너하고 동갑이잖아."

나는 한숨을 내쉬었다.

"걔는 나보다 영어도 훨씬 더 잘해."

"일단 발음도 태조보다 훨씬 좋아."

모친하고 나는 동시에 이태리를 쳐다봤다.

"누나가 애니를 어떻게 알아?"

"갓 들어온 소포모어 주제에 대니한테 괜히 생글거리면서 영어로 말을 걸잖아. 그래서 얼마 전에 한바탕했어."

며칠 후, 나는 정식으로 초대를 받고 토요일에 테디 남매의 집으로 갔다. 그곳은 오렌지에서도 부촌으로 소문난 동네였다. 굳이 따지자면 이태원, 보광동보다 더 잘 사는 한남동 고급 주택단지 같은 곳이라고나 할까?

나는 어색해서 괜히 대문 앞에서 서성였다. 오랜만에 목 늘어난 반팔 티셔츠가 아닌 단추 있는 셔츠를 입었더니 온몸이 답답했다. 게다가 오렌지에서 몸을 키우는 바람에 어깨와 가슴도 꽉 끼었다.

그렇게 대문 앞에 서 있는데, 니키가 나타났다.

“어, 네가 여기 왜?”

“왜 그렇게 눈을 동그랗게 떠? 귀신이라도 본 것처럼.”

“아니, 그냥……. 학교가 아니라 갑자기 여기서 만나니까.”

“왜, 학교 밖에서 보면 안 돼? 나도 오늘 여기 초대받았어.”

“아, 그렇구나.”

니키가 나를 빤히 쳐다보며 고개를 끄덕였다.

“근데 이렇게 입은 거 처음 본다. 오빠도 반바지에 티셔츠 말고 다른 옷도 있구나? 진작 그렇게 좀 입고 다니지.”

“원래 우리 학교 교복이 목 늘어난 티셔츠 아님?”

니키가 한숨을 내쉬고 나를 살펴봤다.

“오빠는 좀 꾸미고 안 꾸미고가 확 차이 나는 스타일이라.”

“어, 그런가?”

머리를 긁적이는데, 니키가 초인종을 눌렀다. 그러고 나서 나를 힐끔 돌아봤다.

"치수는 한 치수 크게! 숨 쉴 때마다 가슴이 터질 것 같네."

그 말에 나는 뭐라고 대답해야 할지 몰라서 입을 꾹 다물었다.

테디네 집은 생각보다 더 화려했다. 한남동 대저택에 가본 적은 없지만 그와 비슷하지 않을까 싶었다. 정원도 넓고, 잔디 깎으려면 엄청 힘들겠지만, 거실도 넓었다. 방 세 개가 있는 싱글하우스인 우리 집과는 차원이 달랐다.

테디와 애니의 어머니 역시 우리 모친과는 달랐다. 옷에 대해 잘 모르는 내가 봐도 뭔가 세련미가 줄줄 흘렀다. 그분은 니키를 무슨 길고양이 어루만지듯 하면서 미국에서까지 이렇게 다시 만날 줄은 몰랐다고 다정하게 말했다. 테디 옆에 있어 줘서 얼마나 든든한지 모르겠다고도 덧붙였다. 말투 하나하나에서 교양이 기름처럼 뚝뚝 떨어졌다.

"태조! 드디어 만나는구나. 우리 테디가 말한 유학생 아메리칸 라이프의 롤 모델."

나는 저절로 미간이 찌푸려졌다.

"제가요?"

그 옆에 있던 애니가 피식 웃는 소리가 들려왔다.

"그래, 네가 그렇게 학교에서 유명한 아이라며? 미국 친구들하고 제일 먼저 가까워진 한국 학생으로. 비결이 뭐니?"

"글쎄요, 그냥……."

"태조랑 친한 외국 애들한테 들었는데, 태조가 그렇게 게임하고 애니 덕후라면서? 그러니 말이 통하지. 원래 미국 10대 남자 애들도 좀 심한 덕후들이 많거든. 공부만 하러 온 우리하고는 사는 방식이 다른 학생들이야. 재밌는 애들이지. 근데 우린 외국 애들하고 친해질 여유가 없잖아."

테디의 어머니는 미소를 지으면서 여전히 고개를 끄덕였다. 하지만 이마의 주름이 깊어지는 게 내 눈에도 보였다.

그러더니 다시 니키를 봤다.

"그래, 엄마는 잘 계시고? 여전히 거기……?"

"네, CJ 엔터 홍보 쪽에."

"지영이, 아니 니키가 엄마를 닮아 그렇게 똑똑하구나. 그러니까 엄마 없이 홈스테이도 하고. 아이고, 그에 비하면 우리 애들은……."

그러더니 아직 덜 자란 아이 같은 테디를 꼭 껴안았다.

"아직 다 애기들이라 이렇게 엄마가 옆에서 돌봐 줘야 해."

그때 애니가 물었다.

"지영아, 한 학기 다녀 보니 어때? 적응 잘 돼?"

"뭐, 괜찮아."

니키가 입가에 미소를 지었다. 하지만 내가 보기에도 나나 테디와 있을 때와는 다른 느낌의 미소였다.

"하긴 지영이가 초등학교 때부터 혼자 다니던 애였잖아. 친구도 테디가 전부고. 그래서 둘이 사귄다고 애들 사이에 소문도 막 나고."

그러더니 애니가 작은 소리로 웃었다.

"사실 엄마, 그때 테디가 좋아하던 애는 따로 있었거든. 아마 엄마도 몰랐을걸. 테디가 짝사랑만 하다 끝났으니까. 걔는 진짜 공주님처럼 생긴 애였는데……. 좀 바보 같긴 했어."

테디가 한숨을 내쉬었다.

"누나, 옛날이야기 좀 그만해. 늙은이 같아."

그러더니 테디가 다시 생글거렸다.

"그래도 이번 프롬(prom, 미국 고등학교의 무도회—편집자주)에는 우리 둘이 같이 가기로 했어. 우정의 댄스를 추기로 했죠."

테디가 니키를 쳐다보자, 니키도 고개를 끄덕였다.

"네, 뭐 친구끼리. 그런 데는 파트너 없이 가면 너무 어색하잖아요."

그러더니 갑자기 애니가 나에게 말을 걸었다.

"태조, 넌 누구랑 가?"

나는 그때까지 프롬에 누구와 갈지 생각을 안 해봐서 그 상황이 당황스럽기만 했다. 테디와 니키, 애니의 어머니까지 한꺼번에 나를 쳐다봤다.

"그래, 태조는 미국 애들하고 친하니까 혹시 그 학년의 백인 여자애하고 같이 가니? 아니면 중국이나 베트남 여학생들?"

"글쎄요, 생각을……. 제가 춤을 좀 못 춰서. 그냥 조용히 구석에 있으려고요."

내가 말하고 나서도 되게 지질하고 창피했다. 잠시 정적이 흘렀다.

"자, 이제 저녁 먹을 때가 다 됐네. 한국식으로 준비할까 하다가, 우린 이제 미국에 사니까 완전 미국 가정식으로 준비했어."

"엄마, 김치는?"

테디가 물었다.

"김치야 있지. 김치야 뭐, 이제 한국 음식이 아니라 국제적인 음식이잖니."

갑자기 나는 그 모든 것이 불편해지기 시작했다. 심지어 마늘 뺀 김치마저도.

저녁식사가 끝나고 대문 밖으로 나왔을 때, 나와 니키는 동시에 한숨을 내쉬었다. 그 한숨 소리에 둘 다 잠시 웃었다. 더운 계절이었지만 밤공기는 시원했다. 니키는 큰 도로까지 내려가면 홈스테이 선생님이 곧 올 거라면서 같이 내려가자고 했다.

"자전거 태워 줄까?"

"아니, 그냥 좀 걸으면 안 될까? 소화가 잘 안 되는 거 있지."

"나도 그렇긴 해."

우리는 기분 좋게 내려갔다. 하지만 어느새 우리가 걸을 때마다 말 없는 침묵과 자전가 바퀴 도는 소리만 들려왔다.

아까는 함께 감옥을 탈출한 2인조처럼 즐거웠다. 그런데 막상 테디가 빠지니까 나하고 니키 사이는 그렇게 어색할 수가 없었다.

갑자기 니키가 작은 웃음소리를 냈다.

"근데 오빠 진짜 춤 못 춰?"

"못 춰."

나도 모르게 화난 것처럼 딱딱하게 대답했다.

"유치원 재롱잔치에서 H.O.T 춤 따라 해본 적도 없어?"

"아, 그거. 〈캔디〉?"

내가 어색하게 〈캔디〉의 춤 동작을 취하자 니키가 다시 웃었다. 그때 느꼈다. 누군가를 웃게 해 주는 건 정말 기분 좋은 일이구나…….

"하지만 니키야, 나는 그 비디오테이프가 없어졌기를 바란다."

"아마 오빠 어머니가 소중히 보관하고 계실 거야. 언젠가 나도 보게 될지도 모르지."

니키는 머리카락을 쓸어 넘겼다. 그리고 〈쉘 위 댄스?(Shall we dance?)〉를 콧노래로 부르더니 흰 운동화를 신은 두 발을 움직여 혼자서 간단한 스텝을 밟기 시작했다. 니키의 스커트가 밤바람에 흔들렸다. 춤은 잘 몰랐지만, 그게 프롬에서 다들 추는 사교 댄스인 것 같았다.

"너 프롬 때문에 춤까지 배웠어?"

"아니."

니키가 내 자전거 손잡이에 슬며시 손을 올렸다.

"아빠가 가르쳐 줬어. 나 어렸을 때."

"아빠하고 사이가 좋았나 보네."

"지금도 가끔 보고 싶어. 오빠는 온 가족이 미국에 왔으니 그립지는 않겠다."

그때, 나는 한 번도 미국에서 친구들에게 하지 않은 말을 했다.

"우리 아빠는 미국에 안 왔어."

왠지 니키에게는 그 사실을 말하고 싶었다.

"아……."

"근데 우리 아빠는 춤 진짜 잘 췄대. 이태원 나이트에서 알아줬다고 하더라고."

"맞다, 오빠 이태원에서 살았다고 했지. 거기는 홍제동하고는 많이 다르지 않아?"

"뭐, 그렇지. 오렌지보다 훨씬 시끄러운 동네니까."

"홍제동은 오렌지처럼 조용해."

미국 오렌지에서 한국의 이태원과 홍제동 이야기를 하다 보니 익숙한 빌라파크 로드에 도착했다. 저쪽에 있는 뷰익(Buick) 차량에서 누군가 손을 내밀었다. 니키의 홈스테이 담당 선생님이었다.

"그럼, 오빠 프롬에서 봐. 춤도 좀 연습하고."

"못 춘다니까 그러네."

"이태원 나이트의 유전자가 어디 가겠어? 솜씨 좀 발휘해 봐."

니키가 차를 타고 떠난 후에, 나는 자전거를 타고 빌라파크 도로를 달렸다.

물론 자전거에 올라타기 전에 잠시 연습했다. 아까 니키가 보여준 스텝, 차차 차차차차.

그날 일기에 쓴 마지막 문장.

니키가 했던 말을 영어 영화대사처럼 조금 바꿔서 써 봄.

-"Size are one size larger. Every time you breathe, my heart feels like it's going to explode." ("치수는 한 치수 크게. 매 순간 네가 숨을 쉴 때마다 내 심장은 터질 듯해.")

프롬 파티

프롬은 졸업식이 있기 전, 오렌지 유치원에서 가장 큰 행사였다. 하지만 이태리가 미국 영화에서 본 프롬 파티와 오렌지 유치원의 프롬은 달랐다. 일단 데이트 신청을 한 남학생이 차를 몰고 여학생의 집으로 오는 일은 없었다. 프롬 파티 일정 며칠 전에 오렌지 유치원 안에서 몇몇 커플의 고백 타임이 있을 뿐.

또, 파티 당일에는 백여 명이 채 안 되는 전교생이 오렌지 유치원에 모였다. 물론 허름한 옷은 그날만은 No. 남자는 무조건 턱시도, 여자는 무조건 드레스. 잠시 후, 학교 후에 도착한 버스 네 대에 나눠 학년별로 올라탔다. 그 때문에 버스 안의 자리는 넉넉했다.

파트너가 된 니키와 테디가 함께 앉았다. 나는 통로를 사이에 두고 혼자 앉았다. 민형이는 맨 뒷자리를 혼자 차지하고 앉아 있었다.

"이게 프롬이야? 무슨 수학여행 가는 기분이네."

버스가 출발하자 말끔하게 턱시도를 빼입은 테디가 말했다. 그 옆에는 핑크색 칵테일 드레스를 입은 니키가 앉아 있었다. 니키는 빌린 턱시도를 입고 있는 내게 말했다.

"이거 나한테 좀 커. 선생님이 알아서 준비해 준다고 했는데, 매년 홈스테이 한국 여학생들이 돌려 입던 거나 주는 거 있지. 이럴 거면 내가 직접 고를걸."

"좋아 보이는데, 뭘."

그때 테디가 니키의 드레스 끝자락을 만져 보고 자그맣게 탄식했다.

"지영아, 여기 드레스 끝자락에 담뱃불에 탄 자국이 있어. 그래도 잘 안 보이긴 한다."

버스는 20분 정도를 달려 선착장에 도착했다. 나는 이 오렌지 카운티에서 처음으로 바다를 보았다.

"와, 바다다!"

니키가 바다를 보자 달려갔고 나와 테디도 그 뒤를 따라갔다.

"이 바다가 태평양일걸?"

"그럼, 태평양으로 계속 가면 동해 바다네?"

"와, 빨리 태평양 건너 한국으로 가고 싶다. 순대랑 떡볶이도 먹고 싶고."

"참, 우리 지금 미국에서 30년은 산 교포들 같아. 향수병 어쩔 거야."

이내 선생님들 인솔 하에 서둘러 유람선에 올라야 했다. 유람선에서 벌어지는 선상 파티가 바로 올해의 프롬이었다.

"유람선이 우리 학교보다 더 커 보이네."

민형이가 호주머니에 손을 넣은 채 투덜대며 올라갔다.

물론 그렇게 크진 않았다. 상대적으로 엄청 커 보이긴 했지만.

배 위로 올라가자 작은 연주단이 우리를 환영하며 경쾌한 음악을 연주해 줬다. 음악 덕인지, 바닷바람 덕인지 아니, 처음으로 한국하고 가까운 곳으로 와서였을까? 나도 기분이 한껏 좋아졌다.

나와 민형이는 파트너가 없었기 때문에 그냥 배 여기저기를 구경했다. 언뜻 애니가 소포모어 한국인 유학생과 손을 잡고 걸어 다니는 모습이 보였다. 아마 데이트 신청을 받은 듯했다.

"민희 파트너는 누구야?"

내가 물었다. 민형이가 어깨를 으쓱했다.

"친구도 없는데, 파트너가 있겠냐고!"

나는 민형이에게 슬그머니 물었다.

"너는 이번 학기에 왜 그렇게 심술보가 늘어졌냐? 내가 안 놀아줘서?"

민형이가 픽 웃었다.

"웃기시네. 내가 그냥 형 씹은 거거든. 그냥 형도 그렇고 다른 친구들도 그렇고. 정 떼려고."

"정을 왜 떼?"

"나 한국 가니까. 엄마 아빠가 형편이 어려워서 더는 우리 지원을 못 해준대. 지난겨울에 그럴 수도 있다고 했는데. 얼마 전에 연락 왔어. 이번 학기를 끝으로 한국으로 돌아가야 할 거 같다고."

그러더니 민형이는 갑자기 울 것 같은 표정이 되었다.

"형, 나 좀 무섭다."

"뭐가 무서워?"

"나 여기가 너무 편해졌나 봐. 한국에서 적응할 수 있을까?"

나는 녀석의 어깨에 손을 얹었다.

"야, 한국에서 고등학교까지 다니다 온 나도 미국에 적응했어. 영어를 한마디도 못했는데."

"그건 인정, 진짜 인정. 근데 그건 형이 나 같은 친절한 놈을 만나서 그런 거고."

"너도 만나겠지."

민형이가 고개를 끄덕였다. 그러더니 나를 데리고 으슥한 구석으로 데려갔다.

잠시 주춤거리더니 양복 호주머니 안쪽에서 슬쩍 뭔가를 꺼냈다. 그건 미니어처 위스키였다.

"형, 건배하자."

"프롬에선 음주 금지 아니야?"

"나 이제 이 학교 학생 아닌데?"

그러더니 자기 먼저 한 입 마시고는 내게 건넸다.

"좋다. 난 원래 술 마셔도 얼굴색 하나 안 변하니까."

나는 한 잔 들이 켜고 "크!" 하고 숨을 내뱉었다.

근데 보광동 7인방과 몇 모금씩 나눠 먹던 맥주하고 위스키는 너무 달랐다.

우리는 약간의 어질함을 느끼며 금방 기분이 좋아져서 시시덕거렸다.

"한국 고등학교에서는 진짜 선생님들이 슬리퍼 벗어서 따귀 때려?"

"어, 나도 맞아 봤어. 근데 지금은 안 그럴지도."

민형이는 얼굴이 점점 벌겋게 변해 가지고 고개를 끄덕였다.

"하나만 묻자, 형."

나는 민형이를 쳐다봤다.

"뭐?"

"미국에 진짜 적응한 거 맞아?"

"글쎄……."

"글쎄라니, 이거 이놈 아직 한국물이 덜 빠졌나. 그럼 안 돼. 형은 여기 살 거니까. 그리고 또 하나 묻자. 니키가……."

그러더니 내게 푹 고꾸라졌다.

나는 다음 상태를 예상하고 몸을 돌려 민형이를 바닥에 엎드리게 했다. 그런데 녀석이 토하지도 않고 그냥 뻗어 버렸다.

나는 일단 녀석을 눕혀 놓고 민희를 찾아보려 했다. 무도회장 근처에 민희는 없었다. 나는 어쩔 수 없이 춤추는 애들을 지나쳐서 미소 짓는 테일러 선생님을 찾아냈다.

테일러 선생님은 바닥에 널브러진 민형이를 보고 기겁을 했다. 나는 우물쭈물하다 이렇게 변명했다.

"He got seasick so badly……." ("저 녀석이 뱃멀미를 심하게 해서…….")

"Do Koreans smell whiskey when they have seasick?" ("한국인은 뱃멀미를 하면 위스키 냄새가 나니?")

어쩔 줄 몰라 하고 있는데, 테일러 선생님이 말했다.

"It's not seasickness, it's homesickness." ("뱃멀미가 아니라 향수병이겠지.")

그러더니 주저앉아 민형이를 이리저리 살펴봤다. 그러고는 일단 괜찮을 거 같으니까 나보고 잘 살펴보라고 했지. 무슨 일이 있으면 휴대폰으로 전화를 하라고도 했고.

'이 녀석이 향수병이면…… 미국에 대한 향수병일까, 한국에 대한 향수병일까? 아니면 어떤 그리움인지 몰라서 어지러운 뱃멀미 같은 걸까?'

그때 문득 나도 몇 년 후 비슷한 어지러움에 시달릴지도 모른다고 생각했다.

테일러 선생님이 떠난 후 민형이를 보살펴야 했기 때문에 무도회 구경은 제대로 하지 못했다.

"형, 나 프롬 파티 구경하고 싶어."

"너 제대로 못 걸을 거 같은데?"

"방법이 없지는 않잖아. 나는 몸무게가 가볍고, 형은 헬스도 했는데."

나는 민형이를 업고 선상 파티 장소로 올라왔다.

춤추던 커플 중 몇몇은 나와 민형이 꼴을 보고 키득거렸다. 하지만 테디와 니키 커플은 안 보였다. 민희도 눈에 안 보였다. 대니와 춤을 추던 이태리만 드레스 자락을 잡고 성큼성큼 내 쪽으로 다가왔다.

그러더니 작게 속삭였다.

"이 새끼, 너 술 냄새 나."

"아직도?"

"어디서 구했어?"

"여기 업혀 있는 놈이."

"애들이 무슨 술이야. 이런 건 나 같은 어른하고 나눠 마셔야지. 아니, 무슨 파티에 샴페인도 없어?"

"오렌지 유치원이잖아."

그 말에 이태리는 어이없는 듯 웃고는 다시 대니에게로 돌아갔다. 물론 그전에 나지막한 소리로 말했다.

"만약에 선생님이 물으면 넌 혼자 술 마시고 쓰러진 애를 발견한 거야! 애를 업고 있어서 술 냄새가 몸에 밴 거고."

그러더니 서둘러 대니 형에게로 돌아갔다.

"형, 형. 나 이제 걸을 수 있을 것 같아."

"좋아, 가 봐."

마침 나도 민형이를 내던지고 싶던 참이었다.

바닥에 떨어진 민형이는 비틀대며 혼자 걷기 시작했다. 그러더니 유람선 가운데 있는 풀장에 그대로 빠져 버렸다. 서둘러 남자 선생님 둘이 뛰어들어 민형이를 건져 냈다. 잠시 후, 민형이는 숨을 몰아쉬더니 피식 웃고는 둘러 싸인 사람들에게 말했다.

"와, 여러분. 저를 위한 송별 파티에 와 주셔서 고마워요."

나를 포함해 여러 사람이 어이없다는 표정으로 민형이를 바라보았다. 나는 민형이를 질질 끌고 가고 싶은 기분을 꾹 참아야만 했다. 니키와 테디만이 아니라 9학년 프레시맨들도 다들 몰려왔다.

그때 누군가 서둘러 이쪽으로 달려왔다.

"야!"

어깨를 드러 낸 푸른 드레스 차림의 민희였다.

곧바로 민희와 민형이의 이모와 이모부도 달려왔다. 그들은 두 아이를 보고 불같이 화를 냈다. 특히 민형이의 이모는 민희에게 왜 동생도 제대로 돌보지 않았느냐며 짜증을 냈다. 그걸 지켜보던 다른 학생들이 민망해할 정도로. 그때 마거릿 교장 선생님이 나타났다. 그리고 두 아이를 꾸짖는 민형이의 이모에게 말했다.

"It is a nice day. Leave good memories for your children." ("좋은 날입니다. 아이들에게 좋은 기억을 남겨 주세요.")

그러면서 일단 두 아이들을 데리고 돌아가라고 했다. 민희와 민형이는 그렇게 일찍 파티장을 떠나고 말았다.

또다시 음악이 이어졌고 프롬의 무도회도 다시 이어졌다. 1부가 클래식한 춤곡이었다면 2부는 션 킹스턴의 〈뷰티풀 걸(Beautiful Girl)〉 같은 그 무렵 유행하던 팝 음악이 흘러 나왔다. 커플들은 익숙한 노래가 나오자 더 신이 나서 몸을 들썩였다.

테디와 니키도 신이 나서 함께 놀았다. 그때 내 옆으로 루이가 다가왔다. 루이는 당연히 파트너가 있을 줄 알았는데, 뜻밖에도 혼자였다. 마크는 히스패닉 동급생과 파트너가 되어서 어색하게, 약간 좀비처럼 춤추고 있었다. 수줍음 많은 마크가 동급생에게 고백한 게 신기하기도 했다.

"Louie, don't you have a partner today?" ("루이, 오늘 파트너가

없어?")

"I don't have a girl I like, and I don't just dance with anyone." ("마음에 드는 친구가 없어서. 나는 아무하고나 춤추고 싶진 않거든.")

그러더니 마침 흘러나오는 칸예 웨스트의 힙합 음악에 어깨를 들썩였다.

"I'd rather dance alone." ("차라리 혼자 춤추고 말지.")

그러면서 싱긋 웃었다.

"Like my mom and dad, I wait for my true destiny." ("엄마 아빠처럼 나도 진정한 운명을 기다리니까.")

"It's not easy." ("그게 어디 쉬워?")

"Damn it, let's play together." ("이런, 일단 우리도 같이 놀자.")

나와 루이는 춤추는 커플 사이로 뛰어들었다.

그 무렵에는 우리만이 아니라 혼자 놀러 온 싱글 학생들도 무대 여기저기를 신이 나서 뛰어다녔다. 술이 없어도 음악이 있으면 미칠 수 있는 나이였다. 물론 나는 아직 그때까지 약간의 취기가 남아 있긴 했다. 멀리서 춤추는 나를 보고 웃고 있는 테디와 니키가 있었다. 둘은 아주 다정하게 보였다. 둘 다 귀티 나고 사랑스러운 애들이었다. 그때 니키가 테디에게 귓속말을 하고는 손가락으로 나를 가리켰다. 그러고는 나와 눈이 마주치자 손을 흔들어 줬다. 춤추는 사람이 너무 많아서 가까이 다가가지는 못했지만.

파티는 밤 10시에 끝났다. 돌아갈 때는 버스가 아니라 보호자들이 오렌지 유치원생들을 데리러 왔다. 이태리는 대니가 운전하는 차를 타고 먼저 떠났다. 나는 모친께서 데리러 올 때까지 주차장에서 기다리기로 했다. 그런데 주차장에서 누군가 어깨를 드러낸 채 떨고 있었다. 민희였다.

"너, 안 갔어?"

민희는 나를 쳐다보고는 귀에 꽂고 있던 이어폰을 뺐다.

"마지막 프롬이니까."

"아까 무도회에서는 안 보이던데?"

"그냥 위에 올라가서 구경하고 있었어."

민희는 취한 것도 아닌데 목소리가 떨리고 있었다. 늘 여름 같은 오렌지였지만 그래도 바닷가의 밤바람은 서늘했다. 나는 입고 있던 재킷을 벗어 민희에게 건넸다.

"이거."

"뭐야……."

"여기까지 와서 감기 걸리면 서럽잖아."

민희는 내 재킷을 받아 들고 어깨에 걸쳤다.

나는 민희 옆에 나란히 앉았다. 우리가 아무 말 없이 앉아 있는데, 테일러 선생님이 지나가면서 놀란 표정으로 말했다.

"Wow, from Love Actually?" ("와, 러브 액츄얼리?")

우린 둘 다 찡그린 얼굴로 "No"라고 대답했다.

테일러 선생님은 요상한 표정을 짓더니 어깨를 으쓱하고 사라져 버렸다.

둘 사이에는 다시 어색한 공기가 흘렀다. 이상한 기분이 드는 것도 아닌데, 손에서는 땀이 났다.

"어, 한국에 간다면서?"

"근데 포기는 안 해."

"뭘 포기?"

"한국에서도 우편으로 미국 고등학교 과정 이수할 수 있대. 대학은 어떻게든 미국으로 다시 돌아올 거야."

"너라면."

나는 "왜 그렇게 열심히 공부해?"라고 묻지 않았다. 나도 미국에서 살아남기 위해 태어나서 가장 열심히 살고 있었으니까. 한국에서 졸린 눈으로 집과 학교만 오가던 내가, 영어로 일기를 쓰고 영어 강의를 한 학기에 3개나 들었다. 물론 그래 봤자 우등생 민희가 하는 노력에 비해서는 '세 발의 피'라는 걸 알았다.

"잘할 거야. 응원한다."

민희가 잠시 고개를 푹 숙였다. 그러더니 내게 말했다.

"고마워. 미국에서나 한국에서나 한 번도 들어 보지 못한 말이야. 왜냐면……. 다들 내가 잘할 거라고 믿기만 하고……, 그래, 실제로 잘해 왔으니까."

민희는 갑자기 매운 걸 먹은 사람처럼 "스읍" 소리를 냈다.

"솔직히 말하면……. 너한테만 말하는 건데."

그러면서 민희는 장난스러운 표정으로 나를 바라봤다.

"중학교 때 내 꿈은 공부 때문에 미국에 오는 게 아니었어. 사실 유치하지만, 밴드 보컬이 내 첫 번째 꿈이었거든. 그래서 미국에서도 지칠 땐 이 나라에 순회공연 왔다는 상상을 해. 아까 프롬에서도 귀에 이어폰을 꽂고 나의 공연장이라고 생각했어……. 말하고 보니까 좀 창피하다."

나는 "픽" 웃었다. 민희가 황당한 얼굴로 나를 바라봤다.

"미안. 비웃은 거 아니고 나도 그래 가지고. 난 미국에 와서 처음에 여기는 좀비가 있는 라쿤시티라고 상상했으니까."

"그래, 맞아. 미국에서 살려면 한쪽으로는 나사를 조여 주고, 또 어떨 때는 나사를 좀 풀어 줘야 하니까. 안 그러면 발로 밟은 코카콜라 캔처럼 머릿속이 찌그러져 버릴지도 몰라."

민희가 내게 이어폰 한쪽을 건네줬다. 오늘 자기가 MP3 플레이어로 반복해서 듣던 노래라고 했다. 처음 들어 본 외국 노래의 가사가 들려왔다. 그리고 노래 사이로 민희의 목소리가 들렸다.

"오아시스라는 영국 밴드의 노래."

민희가 나머지 이어폰 한쪽마저 줬다. 그러고는 볼륨을 최대한 높이는 바람에 그 애의 말이 더는 들리지 않았다. 하지만 희미하게 민희의 비명 같은 게 들리는 듯했다.

나는 이어폰을 귀에서 뽑고 민희에게 물었다.

"뭐라고 했어?"

"아니, 그냥……. 나도 미국에 친구가 있었다고."

그때 어둠 속에서 다시 테일러 선생님이 나타났다. 손에는 막대사탕 두 개를 든 채.

"Oh my god! You two were still here." ("세상에! 아직도 여기 있었네.")

그러면서 우리에게 막대사탕을 나누어 주었다.

그때 주차장으로 차 한 대가 들어왔다. 곧 차에서 민희의 이모와 이모부가 내렸다. 민희는 일어나서 내게 재킷을 건네주고 말했다.

"고마워. 땡큐. 둘 다."

민희가 떠난 후에 걔가 입었던 재킷을 다시 걸치는데 뭔가 울컥한 기분이 들었다.

테일러 선생님이 내 어깨를 다독이며 말했다.

"Now it's time for Taejo to go home." ("이제 태조도 집에 갈 시간이네.")

그날 일기에 쓴 마지막 문장.

-"Her soul slides away. But don't look back in anger." ("그녀가 사라져 가요. '화난 채로 되새기지 말아요.'" 오아시스의 <Don't look back in anger> 중에서)

외로운 밤에 뜨는 달

프레시맨 학기가 끝나고 여름방학이 왔다. 하지만 나도 이태리도 또 한국에 못 갔다. 우리는 둘 다 계절학기에 발이 묶였다. 이태리는 영어를 비롯해 많은 과목이 간당간당했다. 나는 모든 과목을 영어에 집중해서 신청했다. 그리고 ESL 두 과목과 영어 수업에서 모두 좋은 점수를 받았다. 다만 수학, 과학은 낙제에 가까웠다.

제이 리 선생님은 이 학교 출신의 한국인 교포 수학 선생님이었다. 그녀는 아이라인을 짙게 그린 작은 눈에 순박한 표정으로 나를 쳐다보며 고개를 내저었다.

"태조 리, 한국에서는 더 어려운 수학 과정을 배우지 않니?"

계절 학기 동안 제이 리 선생님은 내게 신경을 많이 써 주었다. 강의 시간에 몰래 한국어로 말하기도 했다. 아무래도 방학 동안 모니카 선생님이 미국 동부의 고향으로 가셨기 때문에 눈치 줄 감독관이 없었다. 더구나 제이 리 선생님의 한국어 발음은 마치 버터 바른 감자와도 같아서 잘 모르는 애들이 언뜻 들으면 한국어인지 영어인지도 몰랐고.

제이 리 선생님은 어느 날 이런 말도 해 주었다.

"태조 리가 수학만 잘하면 성적이 잘 나올 것 같다고, 그래서 특별히 신경 써 달라고."

"누가요?"

"누구긴. 수학 천재 민희지."

"민희는 영어 영재 아니었어요?"

"영어는 그냥 보통, 수학은 천재. 그건 그거고, 그 애가 누군가한테 부탁한다는 게 신기해. 계절학기 시작하기 전에 찾아와서 그 말을 하더라니까. 너한테 빚진 게 있다고."

"빚이요? 그런 거 있을 리가 없는데."

나는 그러면서 다시 수학 문제를 집중해서 풀었다. 물론 아무것도 머릿속에 들어 오진 않았지만.

'뭐야. 작별 인사하러 민형이하고 같이 오지도 않았으면서.'

떠나기 전날, 내게 인사하러 온 건 민형이 혼자였다. 민형이는 그날 내게 민희가 직접 쓴 수학집중 문제풀이 노트를 주고 떠났다. 물론 그 노트의 문장은 모두 영어였다. 그리고 그 노트에서 제일 쉬운 게 내게는 영어였다.

수학 때문은 아니었지만 오렌지의 첫여름은 쓸쓸하고 외로웠다. 계절학기 때문에 학교에 나왔지만 친했던 친구들은 모두 한국으로 돌아갔다. 테디, 니키도 없었다. 민형이와 민희는 이제 오렌지로 돌아오지 않을 거였다.

보광동 친구들은 내년이면 수험생이라면서 학원 스케줄 때문에 바쁘다고 했다. 나는 눈치가 보여서 전화를 거는 대신 사이버세계에서 파도타기를 했다. 친구들의 싸이월드를 돌아다니며 그들의 행복한 일상을 엿보았다. 나는 미니미도 그대로였고, 방을 꾸미지도 않았다. 내 싸이월드는 마치 유령의 방 같았다. 하지만 싸이월드에 접속하면 현실의 몸은 오렌지에, 내 마음은 보광동에 있는 기분이었다. 그곳의 친구들은 여전히 웃고, 떠들고, 사진 찍으면서 행복한 일상을 보냈다.

마치 나도 그 옆에 유령처럼 서 있는 것만 같았다. 나는 친구들이 우르르 모여서 찍은 사진에는 꼭 댓글을 달았다. 친구들도 내가 보광동에 있는 것처럼 반응했다. 하지만 싸이월드에서 로그아웃하고 나면 다시 우울해졌다.

나는 한국에 대한 그리움을 달래려고 미국 채널에서 방송되는 아리랑 TV에서 한국 드라마나 뉴스를 시청했다. 하지만 기껏해야 일주일에 한두 번이 전부였다. 드라마도 〈남자 셋 여자 셋〉 같은 10년도 훌쩍 넘은 구질구질 시트콤이 다였다. 차라리 장나라와 양동근이 커플로 나오는 〈논스톱〉이라도 틀어 주지.

나는 웹하드에 접속해서 몰래 최신 한국 프로그램 영상을 다운받는 편법을 썼다. 지금은 불법이지만, 그때는 다들 그렇게 했다. 한국에서 미국으로 들어올 때 막 방송을 시작한 〈무한도전〉을 즐겨 다운받았다. 내가 한국을 떠나기 전에는 별로 인기 없던 예능이었다. 그런데 내가 미국에 오자마자 〈무한도전〉이 빵 터졌다.

나는 매회 〈무한도전〉을 놓치지 않고 다운받았다. 그걸 보고 있으면 한국 곳곳을 새로운 친구들과 함께 돌아다니는 기분이 들었다. 하지만 〈무한도전〉이 끝나도, 미국에서의 내 아메리카 생존기 무한도전은 끝나지 않고 계속해서 이어지는 중이었다.

이후 우울함을 달래기 위해 수학 숙제에 매진했다. 우울한 마음을 답답한 마음으로 덮어 보려고 했다고나 할까? 다행히 제이 리 선생님의 도움과 민희의 수학 노트 덕에 뭔가 희망이 보이기는 했다. 하지만 그게 즐거운 건 아니었다. 이것 역시 미국에서 살아남기 위한 방법이니까.

계절학기의 어느 날, 나는 도저히 안 풀리는 함수 문제를 들고 제이 리 선생님을 찾아갔다. 제이 리 선생님의 설명을 아무리 열심히 들어도 도통 이해가 가지 않는 문제였다.

"너, 내 말 모르겠고, 답답하지?"

고개를 끄덕였다.

제이 리 선생님은 내 노트를 덮었다.

"그럴 때 나는 일단 책이랑 노트를 덮고 눈을 감아. 그리고 명상을 해."

"명상이요?"

"아직 너에게 가르쳐 주긴 어렵지만, 눈을 감고 생각을 비워 내는 거야. 생각을 비우기 어려우면 아주 캄캄한 밤길을 걷는다고 생각해 봐."

"그거 별로 기분 좋은 거 아니잖아요."

"우리 마음의 캄캄한 밤은 더 무서워. 하지만 마음의 캄캄한 밤을 걷다 보면, 달이 하나 뜰 거야. 그 달을 바라보면 네 마음이 원하는 것을 볼 수 있지."

"선생님은 그래서 안 풀리는 함수 문제에 대한 해답을 얻었어요?"

"맞아, 난 실제로 그렇게 해서 해답을 얻었어."

제이 리 선생님이 미소를 지었다.

"마음의 밤길을 걸으면 내 마음 깊은 곳이 알고 있는 해답을 볼 수 있게 돼. 그게 수학 문제가 아니더라고."

집으로 돌아와서 밤에 불을 켜고 눈을 감았다. 수학 공식을 떠올리진 않았다. 하지만 어두운 밤길이 내게 점점 익숙해졌다. 그건 내가 골목골목 누비던 보광동과 우사단로의 골목들과도 비슷했다. 그 골목에 친구들은 보이지 않았다. 어둡다, 어둡다……. 달은 뜨지 않았다. 하지만 무언가 반짝이는 것이 다가왔다. 거대한 그림자는 〈워해머〉의 전투 로봇이었다. 그 로봇은 내가 탑승하길 바랐다.

눈을 떴다.

'아, 그래……. 게임이나 하자.'

달 찾기 명상은 날아갔고 〈워해머〉의 전투 로봇이 나타났다.

오랜만에 컴퓨터에 접속해 〈워해머〉를 시작했다.

한국에서 즐겨 했던 〈스타크래프트〉와 비슷했지만, 내 기준에서 〈워해머〉는 그보다 좀 재미가 없었다. 또 한국에서와 달리 이상하게 모든 걸 잊고 게임에 몰두하기도 힘들었다. 그것만 봐도 미국의 오렌지가 아직 내겐 완벽하게 편안한 곳은 아니었다.

나는 〈워해머〉 게임을 종료하고 다시 싸이월드로 돌아갔다. 그러다가 다른 인터넷 커뮤니티도 돌아다녔다. 그런데 그날 특이한 글을 발견했다. 한국의 게임 커뮤니티에서 〈워해머〉에 대한 토론이 오가는 중이었다.

〈워해머〉는 다른 게임과 달리 게임 소설이 굉장히 많았다. 아마도 게임의 시작이 컴퓨터 게임이 아니라 대형 보드게임의 일종인 미니어처 게임이어서 그랬겠지. 그런데 그 〈워해머〉 소설 속 설정에 대한 글들이 올라와 있었다. 소수의 마니아들이 〈워해머〉를 더 깊게 파 보려고 하는 기색이 엿보였다. 한국에선 〈워해머〉가 인기 있던 게임도 아닌데도. 신기한 일이었다.

'뭐지? 한국에서 〈워해머〉가 번역된 건 없을 텐데. 어떻게 이런 글들이 올라와 있지?'

나는 한 유저가 올린 게시글에 댓글을 달았다.

- 나는 미국 사는데, 한국에서 〈워해머〉 설정들을 어떻게 앎?

나는 그렇게 그들의 세계로 쑥 들어갔다.

곧바로 댓글이 달렸다.

- 미국? 얼굴 안 보인다고 구라 까는 중?

나는 《워해머》 소설의 표지를 사진으로 찍어 올렸다. 그러자 커뮤니티 유저들이 다들 몰려들었다. 곧바로 몇 개의 댓글이 달렸다. 나는 이 지구 건너 〈워해머〉 토론이 어떻게 이뤄진 건지 알게 됐다. 누군가 구글링으로 〈워해머〉 세계관에 대한 소개 글을 긁어 왔다. 그걸 번역하면서 이 〈워해머〉 스토리에 대한 이야기가 오간 거였다. 그들 중 누군가가 〈워해머〉 스토리에 대한 내용을 번역해 줄 수 있느냐고 물었다.

나는 좀 고민했다. 번역이란 게 사실 영어 공부에는 별로 도움이 되지 않았다. 오렌지 유치원에 일 년을 다니다 보니, 차츰 영어를 한국어로 생각하는 게 좀 걸리적거리기 시작했다. 한국어로 생각하지 않고 영어는 영어로 그 뜻을 이해하려고 해야 훨씬 말처럼 느껴졌다. 그래서 나는 소포모어에 올라가면 한국어 번역 필터를 내 머릿속으로 빼야겠다고 생각했다.

허나 나는 〈워해머〉 한국어 번역을 포기할 수는 없었다.

그날 새로운 한국 친구들을 만났으니까. 얼굴은 모르지만, 한국어로 이런저런 수다를 떨다 보니 마음이 좀 둥실거리는 느낌이 들어서.

그해 여름방학이 끝날 때까지 나는 종종 게임 커뮤니티에《워해머》번역 글을 올렸다. 소설의 몇 페이지를 열심히 번역했다. 그 순간에 나는 미국과 한국 어디에도 발을 딛지 못하는 사람이 아니었다. 나는 미국과 한국 동시에 있는 그 어딘가 미지의 공간에 존재하는 사람이었다. 마치 〈워해머〉 속의 우주 전투 공간 같은 곳에 들어와 있는 기분이랄까? 내 모습이 모두가 사랑해 주는 싸움터의 전사 같았다.

여름방학이 끝날 무렵이었다. 누군가 내 싸이월드에 방명록을 올렸다. 한국에 있는 니키가. 내용은 간단했다.

– 안녕, 여기에도 태조 오빠가 있네. 새 학기에도 얼굴 볼 수 있으니까 좋다.

나는 서둘러 댓글로 어떻게 내 싸이월드를 찾았느냐고 물었다. 니키가 다시 댓글을 달았다.

- 초등학교 동창이 오산고에 다녀. 파도타기 하다 보니 여기까지 도착한 거 있지.

그날 일기에 쓴 마지막 문장.

-You were.("너였어." <포레스트 검프> 중에서)

소포모어

9월이 되자 드디어 오렌지 유치원에서 10학년 소포모어가 됐다. 1년 동안 미국에서 살아남은 셈이었다. 나는 부푼 가슴을 안고 소포모어 첫 등교를 했다. 첫날이 되자 그리운 친구들을 만난다는 생각에 들뜬 것이었다.

강의실에 들어서는데 누군가 뒤에서 와락 달려들었다. '훅' 아저씨 냄새 같은 게 밀려왔다. "당신 누구?" 어린애 같았던 테디가 한 학기 만에 훌쩍 커 버린 모습이었다. 얼굴도 길쭉해지고, 턱수염도 진해졌다.

"내가 알던 그 테디, 어디 갔냐?"

나는 테디를 올려다보면서 물었다.

"형, 나 2차 성징이 늦게 왔나 봐. 한국에 가자마자 막 한국 음식이 먹고 싶어 가지고 삼겹살하고 냉면하고 이것저것 먹었더니, 몸이 엿가락처럼 늘어났어."

"부럽다. 나는 그렇게 먹으면 옆으로 퍼질 거 같은데."

"이따 끝나고 오랜만에 농구나 해."

테디가 내게 어깨동무를 했다. 우리는 그렇게 강의실에 들어갔다.

강의실에는 니키도 앉아 있었다. 니키가 미소 지으며 손을 흔들었다. 나도 흔들려는데, 이게 무슨 일? 내 발과 다섯 손가락이 순간 얼어붙었다.

'어, 이거 뭐지?'

반가워야 하는데 어째 심장이 '쿵' 내려앉는 기분이었다.

그날 니키는 내 옆에 와서 평소처럼 떠들어 댔다. 하지만 나는 이상하게 표정이 점점 굳어 갔다. 이건 내가 생각한 소포모어의 풍경이 아니었다. 평소와 같은 니키의 미소가 드라이아이스처럼 느껴지다니.

결국 니키가 이상한 표정으로 나를 보았다.

"오빠, 왜 이렇게 뚱해?"

"반가워서. 근데 싸이가……."

니키가 고개를 끄덕였다.

"싸이 부실 군 생활 기사? 그거 뉴스 뜬 지가 언젠데."

"아니, 그건 보긴 봤고."

그러고는 다시 침묵이 흘렀다.

내가 그린 소포모어 새 학기의 그림은 그게 아니었다. 사실 나는 소포모어에 올라가기 얼마 전까지 니키와의 만남을 상상하고 또 상상했다. 니키가 내 싸이월드에 달아 준 방명록이 얼마나 좋았는지. 여름방학 동안에 얼마나 기다렸는지. 그런데 막상 얼굴을 보니 말문이 막혔다.

겨우 미국에 적응했는데 다시 낯가림 심한 한국의 이태조로 돌아 가다니.

그날 강의가 끝나기 전에 니키가 말했다.

"싸이월드 방명록, 진짜 신기하지?"

"어, 정말. 그러게. 니키 너 내 싸이월드 찾느라 고생 좀 했겠다?"

니키가 웃었다.

"아니, 오래는 안 걸렸어. 세상 사람들 몇 단계 지나면 다 안다잖아. 내 친구 싸이 갔다가 파도타기 하니까 금방 도착하던걸."

그러더니 먼저 자리에서 일어났다.

테디가 우리들 사이에 끼어들었다.

"어이, 우리 오늘 첫날인데 이렇게 헤어지면 안 되잖아?"

우리는 그날 자전거를 타고 함께 그라질바 공원에 갔다

니키는 오랜만에 왔으니 공원을 좀 걷고 싶다고 했다. 농구는 산책 끝나고 하면 괜찮으니까 테디는 찬성이었다. 우리는 그라질바 공원을 걸으면서 한국에 대한 이야기를 나눴다. 한국에서 유행하는 가요나 뭐 이런 것들. 그때 숲의 바람 냄새에 실려 니키의 샴푸 향이 내 코끝을 스쳐갔다.

니키가 걸음을 멈추고 말했다.

"나, 좋아하는 사람 생겼어."

테디하고 나도 걸음을 멈췄다. 테디가 요란하게 니키 주위를 맴돌았다.

"누군데? 방학 동안에 나 모르게 한국에서 고백받은 거야?"

니키가 나와 테디를 번갈아 바라봤다. 나도 모르게 니키의 눈을 피했다.

"빅뱅의 태양. 키는 작아도 멋있더라고."

"뭐지."

테디가 발로 낙엽을 걷어찼다.

"그럼, 난 요즘 원더걸스의 소희와 사랑에 빠졌다고."

그러면서 자연스럽게 테디와 니키는 앞서 걸었다. 하지만 나는 제대로 못 걸었다. 니키가 누군가를 좋아한다는 말을 듣고 순간 얼어 버렸다. 다행히 그건 멀리 있는 빅뱅의 태양이었지만.

나는 그날 밤 저녁식사 후에 이태리에게 작은 소리로 물었다.

"누나, 누나는 좋아하는 사람 생기면 어떻게 해?"

"계속 그 주변을 맴돌면서 웃고 떠드는 거지. 나 좀 보라고. 날 좀 보소. 날 좀 보소."

"그러다가 안 보면?"

"그럼 포기하고 다른 사람 보면 되는 거 아니야? 내가 연애 실패율이 거의 없는 사람이라서."

"그런 거 말고, 진짜 좋아하는 사람 생기면!"

내 목소리가 약간 커졌다.

이태리 누나가 갑자기 한숨을 내쉬었다. 그러더니 잠시 아무 말도 하지 않았다. 그러다가 주방에서 설거지하는 모친에게 외쳤다.

"엄마, 태조 얘, 좋아하는 여자애가 생겼나 봐!"

나는 자리에서 튕기듯 일어나 내 방 문을 열고 들어가 버렸다.

침대에 앉아 있는데, 엄마하고 이태리하고 이야기를 나누는 소리가 들려왔다. 그 대화의 주제가 뭔지는 짐작이 가고도 남았다. 나는 곧 손으로 두 귀를 막아 버렸다.

그날 처음으로 영어 일기를 쓰지 않았다. 대신 침대에 걸터앉아 눈을 감았다. 제이 리 선생님이 말한 마음의 밤길을 다시 걸었다. 그 길을 걷다 보니 니키가 보였다. 니키가 내게 한 말들도 하나하나 곱씹었다.

'나를 좋아하는 건 분명해. 그런데 사귀고 싶을 정도로 나를 좋아할까?'

밤길을 걷고 있는데 제이 리 선생님이 나타났다.

"태조 리, 이제 변수 x와 y값에서 x값이 정해지면 y값이 정해진다는 함수의 원리를 이해하겠지? 그녀가 너를 얼마나 좋아하느냐의 변수에 따라 사귀느냐, 호감으로 끝나느냐 그 답이 정해지는 거니까."

제이 리 선생님이 사라지자, 이번에는 구석에 웅크리고 앉은 내가 있었다.

나는 미국에서 살아남기 위해 고군분투하고 있었다. 하지만 여전히 내 안에 있던 말 없고 소심한 한국인 고교생 이태조도 그대로 있었다. 그 자식은 미국의 나로 바뀌지 않았다. 죽지 않았다. 중요한 순간에 불쑥 얼굴을 들이밀었다. 더구나 그 녀석의 모습은 점점 줄어들었다. 그러더니 어릴 때 빈방에 혼자 있던 다섯 살배기 새끼 짐승 같은 꼴불견으로 바닥에 엎드려서 울고 있었다.

이런 내가 누군가를 좋아할 수 있을까?

다음 날, 수학 강의가 끝나고 나는 니키에게 말했다.

"나, 이제 함수를 확실하게 이해할 수 있다."

"계절학기 열심히 들었나 보네?"

그러면서 니키는 먼저 자리에서 일어나 강의실 밖으로 나갔다.

그날 밤 모친이 나를 안방으로 따로 불렀다. 나와 모친은 어색하게 마주 보고 앉아 있었다.

'갑자기 무슨 말씀을 하려고?'

"태조야, 엄마가 한국에서 미국으로 왔을 때는 한국에서 누리던 모든 걸 포기하고 온 거야. 너희 두 남매에게 더 넓은 세상을 보여 주기 위해."

"알죠."

나는 그 다음에 모친께서 무슨 말을 할지도 짐작이 갔다. 하지만 그 말에 대답하고 싶지 않았다. 아직은 내 입으로 미국에서 뜬금없이 짝사랑에 빠졌다고 말하고 싶지 않았다. 그 애 이름이 한국에서 온 '니키'라고 밝히고 싶지도 않았다. 당분간은 한국에서처럼 입을 꾹 닫을 작정이었다. 당연히 이태리의 귀에 들어가고 온 학교에 소문이 퍼질 테니까. 나는 내 마음을 알리기 전에 이 작은 학교에 소문부터 나는 건 바라지 않았다.

"애니 있잖아."

"애니요? 요즘 만화 많이 안 보는……."

아아, 그러다가 모친께서 말하는 게 무슨 뜻인지 알아차렸다.

"엄마가 테디의 누나, 애니랑 친구가 됐으면 좋겠다고 한 건 단순히 친구까지야. 아직 그 애하고 깊이 가지는 않았으면 하는데."

"알았어요, 무슨 말인지. 앞으로 여기서 살아남기 위해 매진하면 되는 거죠?"

모친은 다행히 마음이 놓인 눈치였다.

"뭘 또 거창하게 살아남니. 미국까지 왔으니 영어 공부만 좀 열심히 하면 되는 거지."

'그건 아니더라고요, 엄마. 미국에서 살아가기 위해 나는 레벨업만 해서 되는 게 아니었어요. 아예 새로운 인간으로 바뀌어야 되는 거 같아. 아메리카 기계 옷을 입은 전투 로봇처럼.'

물론 현실에서는 내 생각을 말하는 대신 그냥 간단하게 대답했다.

"네."

그날 생각했다. 엄마와 나, 이태리와 나 사이에 존재하는 벽이 더 두터워진 거 같다는.

그날 잠들기 전에 눈을 감고 마음의 밤길을 걸었다. 그 새끼 짐승 같은 나를 발견할 곳은, 나의 밤길밖에 없었다. 그 녀석은 겁먹은 작은 몸을 하고 어둠 속으로 더 숨어들었다. 사랑을 갈구하면서도 사랑을 두려워하는 불쌍한 짐승이었다. 하지만 나는 그 녀석을 주워서 안아 주고 싶지 않았다. 대신 그 길 깊숙한 곳에 웅덩이를 파고 일단 묻어 버렸다. 그 녀석이 누군가를 좋아한다고 바보처럼 어버버 말해 버리기 전에. 니키를 좋아하는 나를 잠시 묻은 것이었다. 저 바보 녀석이 어른스러워질 때까지. 아직 시간이 많으니까. 소포모어, 주니어, 시니어까지 이 학교에 다니는 동안 니키에게 마음을 알릴 시간은 아직 3년이나 있으니까.

그렇다고 다음 날부터 니키를 대하는 게 편해진 건 아니었다. 반면 니키는 똑같았다. 친절하고 가끔은 어른스러웠다. 내가 좋아하고 부러워하는 그런 모습이었다.

니키는 1학기에 비해 같은 소포모어 외국인 친구들도 많이 사귀었다. 하지만 우선순위가 나와 테디라는 건 달라지지 않았다. 어쩌면 테디보다 나와 더 가까웠을지도 몰랐다. 테디가 같은 소포모어의 대만인 유학생과 엄마 몰래 연애를 시작했으니까. 놀랍게도 그 대만인 아이는 원더걸스의 소희와 눈매나 얼굴형이 닮아 있었고.

나는 절친 루이, 마크와 예전처럼 붙어 다니기도 힘들었다. 아무리 오렌지 유치원이라도 11학년인 주니어부터는 대학입시를 위한 공부의 시작이었다. 한국 중학교 수준의 교과목도 11학년부터는 난이도가 높아졌다. 그래서 셋이 같이 붙어서 몰려다니는 시간은 많이 줄어든 것이었다.

그래도 하교 때는 내가 마크와 루이를 기다렸다 함께 가는 날이 많았다. 점심시간에 니키와 같이 땅콩 샌드위치를 먹고 있으면 어느새 마크와 루이가 나타나기도 했다. 우리 네 사람은 테디가 없는 빈자리를 채워 주며 영어로 수다를 떨었다.

“Are you really dating Annie?” (“너 정말 애니하고 사귀는 사이야?”)

어느 날엔가 마크가 그렇게 물었다.

“What?” (“뭐?”)

내가 놀라서 반문하자, 루이가 더 놀라서 말했다.

"You did not know? Rumors floating around among juniors. You and Annie are secretly dating." ("몰랐어? 주니어들 사이에 비밀리에 떠도는 소문. 너하고 애니하고 몰래 데이트한다고.")

"That's crazy. I can see why the rumor is spread." ("황당하네. 그 소문이 왜 났는지 알겠네.")

니키가 나를 가리켰다.

"Taejo, why are you blushing?" ("태조, 왜 얼굴이 빨개져?")

이유는 그거였다. 내가 좋아하는 사람은 따로 있다는 말을 할 수 없어서. 하지만 나를 바라보는 니키 얼굴을 보자, 나도 모르게 배시시 웃음이 나왔다.

하지만 그때는 왜 몰랐을까?

소포모어의 겨울이 오기 전, 나의 가장 친한 친구 루이가 내가 미국에서 처음 짝사랑한 여자애에게 고백할 줄을.

그해 소포모어 1학기에 가장 많이 들었던 노래.

"Tell me. Tell me. Tell tell tell tell tell me." (원더걸스의 <Tell me> 중에서)

핼러윈, 셜록 홈스, 좀비건

미국의 10월 마지막 주는 추수감사절 시즌이었다. 핼러윈날 밤에 애들이 유령 복장을 하고 마을 곳곳을 돌아다니며 사탕을 달라고 했다. 그때만 해도 한국에서는 핼러윈이 잘 알려지지 않았었다. 내가 이태원에 살았지만, 핼러윈이라고 해서 12월 31일 명동이나 종각에 몰려들 듯 사람들이 밀려 오지는 않았으니까.

지금은 핼러윈이면 무국적 도시 이태원에 어른부터 아이들까지 지구상에 존재하지 않는 괴물이나 귀신, 좀비처럼 변해서 나타난다. 2021년의 핼러윈에는 이태원에 초록색 트레이닝복을 입은 사람, '○ □ △' 무늬가 있는 검정 가면을 쓴 사람들이 많았다.

그걸 어떻게 아느냐고?

2021년의 나는 다시 이태원에 있었으니까.

미국 동부의 한 광고 회사에서 일하는 테디가 오랜만에 한국에 들어왔다. 테디는 한국에 오자마자 이곳에 오고 싶어 했다. 이태원 거리에 사람이 너무 많아서 우리는 일찌감치 자리를 피해 보광동 우사단로의 작은 펍으로 갔다. 7명의 보광동 친구 중 한 명이 낸 작은 술집이었다. 이태원에 올 때마다 나는 옛 친구를 만나러 이곳에 오곤 했다. 곧 재개발 때문에 이 동네는 사라질 것이어서, 이 펍도 곧 문을 닫을 예정이었지만.

나와 테디는 오랜만에 만났다. 고등학교 동창들이 대개 그렇듯이 오렌지 유치원 이야기를 하면서 웃음꽃을 피웠다. 소포모어 2학기에 들어온 캐나다에서 쫓겨난 찌질이 재벌 4세 유학생 이야기, 우리들이 주니어 때 일어났던 오렌지 한국 갱스터 고교생들 패싸움 같은 이야기들. 그런 것들이 주로 안주로 올라왔다. 내가 그곳에 다닐 때가 한창 한국인 조기 교육 열풍이 일 때와 겹쳐서 여러 일들이 많았으니까.

잠시 침묵이 흐른 뒤에, 테디가 다시 말했다.

"형, 지금은 학교 없어진 거 알아?"

"몰랐어. 언제?"

"몇 년 됐어. 실은 마거릿 교장 선생님이 몇 년 전에 치매가 와서 더는 어떻게 학교를 유지할 수 없었겠지."

"그랬구나."

마거릿 교장 선생님과 대화를 많이 나눈 적은 없었다. 하지만 그녀가 인자하고 유쾌한 할머니였던 것은 기억한다. 더구나 쥐똥 같은 영어 실력을 가지고 미국에 온 나와 이태리를 흔쾌히 받아 준 분이었다.

"형, 그런데 그때는 왜 그랬어?"

내가 감상에 젖어 있는데, 테디가 뜬금없이 치고 들어왔다.

"언제?"

"소포모어 2학기 때 왜 갑자기 사흘이나 학교를 안 나온 거야? 형, 그때 정말 기억상실증에 걸렸던 거야?"

"내가?"

아…….

나는 그제야 그때의 일이 떠올랐다.

지금이라면 그냥 'ㅋㅋㅋ' 넘겨 버릴 수 있겠지만, 그때는 그렇지 않았다.

테디는 소포모어 2학기, 핼러윈 축제 무렵의 그 일을 잘 몰랐다. 나나 니키나 말하지 않았을 테니까. 그때 테디는 대만인 여자친구와 사귀느라 정신이 나가 있었다.

그해 가을, 내가 니키와 떨어져 있는 시간은 영어 수업뿐이었다. 니키는 ESL만 들었기 때문에 현지 학생 대상의 영어 수업은 오로지 나 혼자였다. 그리고 나는 그 수업에서 온전히 영어에 집중할 수 있었다. 코난 도일의 셜록 홈스 시리즈《바스커빌 가문의 사냥개》를 함께 읽는 클래스였다. 영어로 된 책을 읽고, 그 내용에 대해 학생들이 함께 이야기하는 식이었다.

그 소설은 바스커빌 가문에 내려오는 전설 속의 무서운 사냥개 이야기였다. 바스커빌 가문의 사악한 지주인 휴고 바스커빌은 이 무서운 개에게 처참하게 물어 뜯겨 죽는다. 그런데 이 전설을 믿고 있는 바스커빌 저택의 주인이 전설과 똑같이 사냥개에 물려 죽는다. 물론 홈스가 파헤쳐 보니 이건 다 계략이 있는 살인 사건이었다.

학생들은 이 소설의 일부를 영어로 낭독하거나 연극으로 꾸몄다. 가끔은 그 내용에 대해 토의했다. 누가 범인이냐, 무슨 일이 일어날 것 같으냐, 왜 악당들은 주인공을 살해하기로 한 것 같으냐…… 등등. 또 에세이를 써서 과제로 제출하기도 했다. 소설 내용에 대한 쪽지 시험도 매주 보았다. 뭐, 그런 식으로 추리소설 한 편을 읽어 가는 수업이었다.

'I have nothing in the world against you, my good man,' said Holmes. 'On the contrary, I have half a sovereign for you if you will give me a clear answer to my questions.'

'Well, I've had a good day and no mistake,' said the cabman, with a grin. 'What was it you wanted to ask, sir?'

이 상황은 소설 중간쯤에 나오는데, 홈스가 마부에게 궁금한 점을 물어보면서 제대로 대답하면 돈을 준다고 하는 장면이었다. 그러자 마부는 오늘은 운이 좋은 날이라며, 뭐가 궁금하냐고 되물었다.

이 짧은 상황이 내겐 또렷하게 기억이 난다. 왜냐하면 모니카 선생님이 이 부분을 읽어주는데 한국어로 해석할 필요 없이 그대로 의미가 이해됐으니까. 이제는 영어를 들을 때 내 머릿속의 한국어 필터가 완전히 녹아 버린 거였다. 나는 모니카 선생님의 말씀이 지나간 후에야 그 사실을 깨달았다.

'이제 그냥 영어를 영어로 자연스럽게 이해하고 말할 수 있게 됐구나.'

핼러윈 즈음에는《바스커빌 가문의 사냥개》가 거의 끝나가고 있었다. 그때는 선생님의 질문에 한국어로 생각하지 않고도 곧 바로 영어로 답했다.

"Taejo Lee, tell me what was the most memorable thing about this novel so far."

"The part about Legend of the hound."

"Why is that part personally impressive to you?"

"Reminds me of the dog zombies from my favorite console game. Also, I am scared of big dogs because I was chased by dogs when I was young."

나는 모니카 선생님의 인상적인 부분을 읽어 보라는 요구에 바스커빌 가문의 사냥개 전설 부분을 낭독했다. 휴고 바스커빌의 물어 뜯긴 시체 옆에서 눈을 이글거리며 침을 뚝뚝 흘리는 무서운 사냥개의 모습을 묘사한 부분이었다. 선생님은 왜 그 부분이 인상에 남느냐고 물었다. 나는 그 개의 모습에서 내가 좋아하는 게임 속의 캐릭터도 떠오르고, 또 어린 시절에 큰 개를 만나 무서웠던 기억도 난다고 대답했다.

그러고는 농담처럼 덧붙였다.

"For Halloween, I'm going to dress up as a scary hunting dog.

Woof woof." ("난 무섭게 생긴 사냥견을 핼러윈 코스튬으로 입을 거예요. 왈왈.")

모니카 선생님은 폭소를 터뜨렸고, 학생들도 함께 웃었다.

수업의 주인공이 된 것처럼 으쓱했다. 그 순간에는 나의 아메리카 생존기가 성공을 향해 달려가는 게 느껴졌다.

수업이 끝나고 밖으로 나오는데 휴대폰 진동음이 울렸다. 니키가 보낸 문자 메시지였다. 방과 후에 그라질비아 공원에서 잠시 둘이서만 보자는 이야기였다. 니키가 따로 보자고 한 적은 처음이었다.

'뭐지?'

니키에게 답장을 보내려는데, 갑자기 누군가 어깨를 툭 쳤다. 얼굴에 생글생글 미소를 담고 있는 루이였다. 루이는 갑자기 많은 말을 쏟아 냈다.

당연히 나는 루이가 하는 영어를 다 알아들을 수 있었다. 아무리 루이의 발음이 중구난방이라도. 한국어 필터로 해석하지 않아도 그대로 들어왔다. 하지만 그 말을 이해하면 할수록 머릿속이 멍해졌다.

"Nicky can shine like a diamond. I want to make it so shiny."

그러면서 평소처럼 까부는 식이 아닌, 누구보다 믿음직한 목소리로 덧붙였다. 니키는 다이아몬드처럼 빛날 수 있으니 더 빛나게 해주고 싶다고.

"As friend and lover."

친구와 연인으로서.

나는 니키가 뭐라고 했느냐고 겨우 물었다. 루이는 생각해 보겠다고, 하지만 빨리 대답해 주겠다는 말을 들었다고 했다. 그러더니 루이가 내 어깨에 손을 올렸다.

"도와주세요. 나의…… 가장 소중한 한국인 친구인…… 태조왕."

루이는 몇 번을 연습했지만 여전히 어색한 한국말로 말했다.

루이가 사라진 후, 나는 니키에게 메시지를 보냈다.

10월이면 오렌지의 날씨는 한국의 가을 날씨와 비슷했다. 오렌지가 한국의 기후와 가장 비슷해지는 짧은 시기였다.

자전거를 타고 도착했을 때, 그라질비아 공원의 벤치에 니키가 앉아 있었다. 공원으로 오는 동안 나는 니키가 웃고 있으면 내 마음을 접을 생각이었다. 그래, 루이는 꽤 괜찮은 로맨티스트니까. 하지만 답답한 표정이면 내가 먼저 말하기로 마음먹었다.

어쩌면 그 표정 속에 나에 대한 사랑을 숨기고 있을지도 모르니까. 하지만 니키는 평소와 똑같았다. 어제 보았던 모습 그대로. 어떻게 그렇게 평온을 유지하나 싶었다. 태평양 건너 미국에서 남자에게 처음 고백을 받았는데.

나는 니키의 옆에 앉자마자 고개를 숙였다.

"태조 오빠, 왜 그래? 안색이 좀 안 좋네."

"영어 수업이 좀 피곤해 가지고."

"그래? 괜히 불렀나. 하고 싶은 이야기가 있어서."

나는 고개를 끄덕였다.

"괜찮아, 말해도 돼."

"말하기 전에, 나는 정말 오빠를 친오빠라고 생각하고 묻는 거야. 나는 오빠가 없지만……. 어쨌든."

그 말을 하면서 니키는 살짝 미소를 지었다. 그 미소만으로도 내 마음은 바닥까지 가라앉는 기분이었다. 내가 이렇게 니키를 좋아했나, 순간적으로 놀랐다. 그 정도는 아니라고 생각했는데.

"루이, 어떤 애야? 오빠가 친구로서 보기에. 잘생겼잖아. 혹시 바람둥이 아니야?"

나는 거짓말을 할 생각은 하지 못했다. 왜냐하면 두 사람의 마음 모두 진실하다는 걸 알고 있었으니까. 그리고 그때는 나도 아직 때가 탄 어른이 아니었다.

"좋아."

내가 겨우 말했다.

"뭐가 좋아?"

"좋은 애라고. 그러니까, 네가 좋은 애인 것처럼."

니키가 잠시 나를 바라보았다. 잠시 후 벤치에서 일어나 오렌지의 상쾌한 가을 공기를 담뿍 마시듯 기지개를 켰다. 나는 그 뒷모습만 보다가, 니키가 고개를 돌리자 겨우 웃어 줬다.

그날 밤에 나는 'America's Survival'을 쓰지 못했다.

'미국에서 살아남기 위해 그렇게 열심히 노력했는데……. 친해지면 끝이라더니.'

살아남기 위한 노력의 기쁨이 실패한 짝사랑에 맥없이 무너지는 게 황당하면서도 또 슬펐다.

나는 그날 밤, 겨우 잠이 들었다.

꿈속에서 마음의 밤길을 걸었다. 나는 사랑에 빠져 있던 또 다른 나를 찾기 위해 헤맸다. 하지만 짝사랑에 허덕이는 이태조를 어디에 숨겨 뒀는지 찾기가 쉽지 않았다. 그저 개의 사나운 울음소리만 들려 왔을 뿐이다. 그러다 어느 순간, 커다란 개와 마주쳤다.

그 개는 〈바이오하자드〉의 좀비견과도 비슷하고 바스커빌의 사냥개와도 비슷했다. 나는 겁에 질려 아무 말도 하지 못했다. 그 개는 오렌지가 아니라 내가 아직 마주하지 못한 거대한 아메리카의 모습이었다. 그 개의 발밑에 불쌍한 새끼 짐승 같은 내가 떨고 있었다. 사나운 개는 그 힘없는 녀석을 가슴부터 목덜미, 그리고 얼굴까지 천천히 뜯어 먹었다.

다음 날 눈을 떴을 때, 말이 나오지 않았다. 온몸이 부들부들 떨렸다. 한국어, 영어, 아무 말도 할 수 없었다. 목소리가 전혀 나오지 않았으니까. 나는 '이게 사랑에 실패한 사람이 겪는 실어증이구나'라는 생각이 들었다. 이렇게 되면 영어든 한국어든 다 할 수 없으니 끝장인 거잖아. 더구나 이 사실을 모친이나 이태리에게 말할 수도 없었다.

나는 일기장 노트를 한 장 쭉 찢어서 네임펜으로 쓱쓱 적었다.

- 나는 기억상실증에 걸렸습니다. 누구세요?
  일단은 아무 말도 하고 싶지 않아요.

나는 메모를 식탁 위에 올려놨다. 이태리와 모친이 황당한 표정으로 나를 쳐다봤다. 나는 다시 방 안으로 들어갔다. 모친이 내 방 문을 쾅쾅, 두드렸다. 그때 이태리의 목소리가 들렸다.

"엄마, 오늘 하루만 봐줘. 태조, 누구보다 열심히 학교에 다녔어. 영어를 하나도 모르던 애가 지금은 이 학교에서 제일 유명한 한국 애가 됐어. 그러니까 저 꾀병, 하루만 봐 주자. 쟤, 1년 동안 너무 달렸어."

'꾀병 아닌데. 진짜 목소리가 안 나와.'

그때 다시 문을 쾅쾅 두드리는 소리가 들렸다.

"태조야, 엄마하고 누나 나가니까. 오늘은 쉬고 있어. 아침 잘 챙겨서 먹고."

누나와 엄마가 나갈 때까지 계속 누워 있었다. 그때까지 계속 목소리가 나오지 않았지만 배는 고팠다.

문을 열고 밖으로 나갔다. 텅 빈 집에 나 혼자였다. 밥을 차리고 뜨끈한 미역국을 목으로 넘기자 목구멍이 쓰려 왔다.

'실어증 아니고 급성 편도선염이구나.'

결국 나는 사흘 동안 학교를 결석했다.

편도선염이 나을 때쯤 나는 여전히 꿈속에서 마음의 밤길을 걷고 있었다. 그곳은 이제 익숙한 곳으로 바뀌어 있었다. 수많은 골목이 얽혀 있던 나의 고향, 보광동이었다. 그때 저쪽 멀리에서 쿵쿵대는 발걸음 소리가 들려왔다. 그러더니 개 한 마리가 깨갱, 울부짖는 소리가 들려왔다. 〈워해머〉의 전투 로봇을 닮은 거대한 전사가 내 앞에 다가와 섰다. 고개를 들어 보니 머리 위에 보름달이 떠 있었다. 그 전사가 손가락으로 달을 가리켰다.

다음 날, 눈을 떴을 때 나는 깨달았다. 이제 나는 미국에서 한국에서의 나와는 완전히 다른 태조의 외피를 입었다고.

사흘 후에 학교에 갔을 때는, 내가 하교 후에 자전거를 타고 가다 가벼운 교통사고를 당해서 급성 기억상실증에 걸렸다는 소문이 퍼져 있었다. 시니어부터 프레시맨까지. 담당 선생님부터 교장 선생님까지. 그 소문을 누가 퍼뜨렸는지 짐작이 갔다. 우리 누나는 에어프릴 풀과 핼러윈이 같은 날인줄 알았던 듯. 그렇지 않고서야.

"나 누군지 알아보겠어?"

영어 수업을 들으러 교실에 들어가자마자 니키가 나를 찾아와서 한국어로 다급하게 물어봤다. 그 옆에서 이미 니키의 단짝이 된 루이도 걱정스러운 표정으로 나를 바라봤지.

"I don't know. Were you two my friends?" ("잘 모르겠네. 너네 둘 내 친구였던가?")

그러면서 나는 웃어넘겼다. 쓴웃음을 바보 같은 웃음으로 덮는 데 성공했을까? 그건 잘 모르겠다. 어쨌든 우리는 그 순간을 웃어넘겼다.

그날은 마침 오렌지 유치원의 핼러윈 축제날이었다. 학생들은 마녀 복장을 하거나 괴물 마스크를 쓰고 학교를 돌아다녔다. 내가 선택한 것은 거대한 호박머리였다. 진짜 늙은 호박으로 만든 호박머리여서 뒤집어쓰자 호박죽 냄새 같은 게 풀풀 풍겼다.

니키와 루이가 다가왔다. 둘은 초록색 마녀와 프랑켄슈타인이었다. 초록색 마녀가 내게 디카를 내밀었다. 나는 무거운 호박머리를 한 손으로 잡고 고개를 끄덕였다.

"야야, 둘이 좀 가까이 서 봐. 좀 더 붙어 가지고. 이제 뽀뽀 같은 거 해도 괜찮지 않나?"

물론 호박머리 안에서 나는 울고 있지 않았다. 슬퍼하고는 있었지만. 그게 미국에서 내 첫사랑의 끝이었다. 핼러윈 축제 기간에 그렇게 내 사랑의 마음도 유령이 되어 멀리 사라져 갔다.

그날 내가 일기장에 쓴 마지막 문장.

-"Change? Yep. Big change." ("변화라고? 그래, 아주 큰 변화지." <스파이더맨> 중에서)

유니버스 메타버스

테디는 술자리가 끝나고 헤어지기 전에, 다음 날 보광동 우사단로에서 만나자고 했다. 밝은 날에 보광동 곳곳을 보고 싶다면서. 내가 왜 거길 보고 싶냐고 하자, 내가 소포모어 겨울 휴가 때 이태원에 다녀와서 보여준 디카 사진을 아직 기억한다고 했다. 눈이 쌓인 좁은 골목과 그 골목을 따라 늘어선 붉은 벽돌의 양옥집 같은 것들.

"그게 아직 생각 나냐?"

"약간 소울푸드처럼."

"그런 오래된 동네가?"

"아니, 눈. 나 눈을 너무 좋아했는데. 눈처럼 밝은 피부의 여자 애들도 좋아하고. 그런데 오렌지에는 눈이 없었잖아. 늘 뭔가 허전한 거야. 그래서 나중에 뉴욕에 와서 폭설을 본 뒤에야 '아, 미국도 내 땅'이라는 생각이 들었다고."

처음 오렌지 유치원에 와서 벌벌 떨던 그 테디는 사라졌다. 지금 내 앞의 테디는 한국과 미국을 오가는 코즈모폴리턴이었다.

테디와 헤어지고 집으로 돌아갔다. 쉽게 잠이 오지 않았다.

한국으로 돌아온 나는 다시 여기에 적응하려고 열심히 살았다. 십 년 가까이 재미교포였다가, 잠시 여행 갔다 온 사람처럼 그렇게 한국에서 살 수는 없었다. 미묘하게 한국인 친구들과 내가 다르더라고.

그렇다고 해서 내가 완전히 미국인 마인드는 아니었다. 모든 게 좀 뒤범벅이었다. 한국과 미국을 오갔던 침 흘리는 좀비 같은 중간자였다. 유년은 한국에서 보냈지만, 개인적 사고가 굳어지는 10대와 대학 시절은 미국에서 지냈다. 그래서인지 한국에서 지낼 때는 다시 오렌지 유치원 시절의 나를 잊기 위해 애썼다. 일단 한국으로 돌아왔으니 군대부터 다녀왔고.

하지만 그날은 잠들기 전, 오랜만에 그 시절 생각이 났다. 집과 학교만 오가던 내가 처음으로 낯선 땅에서 살아 내려 애쓰며 살았다. 방안을 뒤져서 서랍장 깊숙한 곳에서 오렌지 유치원의 프레시맨 때부터 주니어 때까지 썼던 나의 일기장 'America's Survival'을 찾았다.

일기장을 몇 장 읽자 고교 시절의 일들이 어제 일처럼 떠올랐다. 하지만 그 일기장에는 적지 않았던 소포모어의 겨울 휴가까지 생생하게 기억이 났다.

소포모어 1학기가 끝나고 짧은 겨울 휴가가 시작되기 전이었다. 모친께서 나와 이태리를 불러 앉혔다.

"자, 선물."

그러더니 항공권 두 장을 내밀었다.

"그동안 한국이 그리웠을 텐데, 일주일쯤 한국에 있다가 와. 이태원 주변에 호텔도 예약해 둘게."

모친은 우리가 환호하는 모습을 기대했을지도 모른다. 하지만 나와 이태리는 둘 다 말이 없었다. 그러더니 이태리가 먼저 말문을 열었다.

"난 여기 있을래. 여기 친구들하고 크리스마스랑 새해 파티 약속 다 잡아놨어."

"네가 안 가면 태조 혼자 어떻게 가?"

나는 항공권을 집었다.

"응, 나 혼자 가. 호텔도 필요 없어. 보광동에 친구들 있는데."

한국으로 떠나기 전날 밤, 짐을 챙겼다. 하지만 일기장은 두고 왔다. 굳이 한국에까지 그걸 들고 가고 싶지는 않았으니까.

나는 그렇게 1년 반 만에 싸이월드가 아닌 현실계에서 보광동 친구들과 만났다. 인천공항에서 내리자마자 이태원에 도착할 때까지 하늘을 나는 기분이었다.

'녀석들 만나면 뭐하고 놀까?'

열일곱의 나는 한국의 공기를 맡자 다시 보광동의 이태조로 쉽게 돌아갔다.

당연히 그날은 보광동 친구들과 만났다. 모두들 나를 위해 저녁에 모였다. 다시 2006년 여름으로 돌아간 것만 같았다. 그런데 알고 보니 그 멤버들도 오랜만에 함께 모인 상태였다. 민희도 거기에 있었다. 하지만 친구들과 수다를 떨면서 나는 그들에게 눈에 보이지 않는 벽을 느꼈다. 보광동 골목 곳곳을 몰려다니던 우리였다. 그런데 묘하게 옛날과는 달랐다.

"야, 영어 좀 해 봐!"

친구 중 하나가 실없이 던진 말에 나는 잠깐 기분이 상했다. 미국 가기 전에는 친구들한테 찐따, 찌질이, 숏다리 별소리를 다 들어도 헤헤, 웃던 나였다.

내가 아무 말이 없자, 친구들이 와와 웃으면서 "저거, 영어 잘 못한다!"고 요란을 떨었다.

'뭐야, 나에 대해 너희가 뭘 알아? 아무것도 모르잖아. 그렇다고 내가 영어하는 원숭이는 아니잖아.'

물론, 소리 내서 그렇게 말하지는 않았다.

그날 나는 범익이 집에 가서 잤다. 나는 바닥에 이불을 깔고 눕고 범익이는 침대에서 잤다. 범익이는 우리들 사이에서 제일 공부를 잘하는 녀석이었다. 친구들 중에 유일하게 SKY를 넘볼 수 있는 놈이었다.

"애들이 너 별거 아닌 거처럼 생각하는 거 같지? 그래도 다들 속으로는 부러워할걸."

그날 밤 불이 꺼진 후, 범익이가 말했다.

"뭐가?"

"미국 가서 공부하는 거."

"별로 부러워할 거 없어. 외롭고 힘들어."

범익이는 말이 없었다. 그러더니 갑자기 발로 내 엉덩이를 툭 걷어찼다.

"이 새끼 이거……. 곧 한국에서 고3 되는 형님 앞에서 주름잡고 있네."

"나는 그냥 너네하고 공부하고, 대학가고 그러고 싶었다고. 여기서는 공부만 하면 되잖아."

범익이는 침대에서 일어나 나를 내려다봤다.

"그럼 거긴 왜 갔냐?"

그 말에 나는 아무 말도 할 수 없었다.

나는 '왜'라는 이유도 없이 미국으로 갔다. 하지만 그날 잠들기 전에 생각했다. 이제 보광동에서 살 수 없다면, 미국에서 '왜'는 몰라도 '어떻게' 살아야 할지 생각해야겠다고. 그날 밤에 내 마음은 한국의 보광동에서 미국의 오렌지로 기울었다.

다음 날 아침, 범익이 엄마가 나를 깨웠다.

"태조야, 좀 나와 봐. 손님이 오셨어."

나는 잔뜩 눌린 머리를 하고 거실로 나갔다. 범익이 집 소파에 아빠가 앉아 있었다.

'이건 또 무슨 뜬금없는 만남?'

오 년 만에 본 아빠는 많이 늙어 있었다. 옛날에는 날티 나고 잘생겼었는데. 이제는 그냥 늙수그레했다. 아빠는 우연히 같이 사는 아줌마하고 남산에 올라갔다가 민희를 만나 내 이야기를 들었다고 했다. 내가 한국에 와 있다는.

그날 오후에 아빠하고 어색하게 점심을 먹었다. 부대찌개.

"역시 이태원은 존슨탕이지."

밥 먹고 나오면서 아빠가 내 어깨에 팔을 두르며 말했다. 아빠는 오 년 만에 만났지만 친한 척 잘하는 삼촌처럼 살가웠다. 하긴 그는 남자든 여자든 아무한테나 살가운 사람이었다. 그 살가움이 너무 가벼워서 문제였다.

"나 별로 부대찌개 안 좋아해."

"인마, 그럼 그걸 왜 이제 말해?"

"됐어. 아빠 먹고 싶은 거 먹음 됐잖아."

"녀석 되게 무뚝뚝해졌네. 옛날에는 아빠한테 달라붙어서 안기고 그러더니."

"그건 나 보광초등학교 때 일이지."

아빠는 고개를 끄덕이다 말았다.

그날 아빠는 길을 걸으면서 담배를 피워 물었다. 그러고는 연기를 훅 내뿜고 말했다.

"담배는 배우지 마."

"왜?"

"몸에 안 좋으니까. 혹시 벌써 피워?"

나는 아무 말도 하지 않았다.

"다른 거는 배워도 돼?"

아빠 역시 아무 말도 하지 않았다. 우리는 무뚝뚝하게 이태원 대로를 걸었다.

"아빠 미워하지 마. 너도 크면 알겠지만 원래 부부 사이에는 복잡한 일들이 많아. 그냥 뭐 그래. …… 그래도 내가 너한테 멋있는 이름은 지어 줬잖아. 태조, 얼마나 멋있어. 조선을 세운 왕의 이름. 넌 인마, 큰사람이 될 거라고. 엄마 아빠하곤 달리."

나는 아무 대답도 하지 않았다. 이태원역 앞에서야 겨우 말문을 열었다.

"아빠 안 미워해. 그럴 필요가 없으니까. 쓸데없는 데 신경 쓰는 거, 그거 내 인생에 손해니까. 근데 아빠한테 내가 뭘 배워야 돼?"

아빠는 미간을 찌푸리다가 담배 한 대를 더 피워 물고 잠시 목덜미를 긁었다.

"날라리는 나이 들면 힘들다? 근데 이 새끼, 내가 보기엔 넌 뭐 날라리는 아니니까."

"그럼 난 뭔데?"

"넌 그냥 좋은 애지."

아마 그렇게 믿고 싶은 거겠지. 그래야 아비들은 속이 편할 테니.

"그리고 정말 도망치고 싶을 때는 그냥 도망쳐."

"왜?"

"뭐……, 그건 나도 모르지만, 어쨌든. 그렇게 살면 속은 좀 편해."

오 년 만에 만난 아빠는 그 즈음에도 또 도망가고 싶어 하는 눈치였다. 내가 느끼기에는 그랬다. 그리고 아빠는 뭔가 바람처럼 사라졌다. 사실 아빠가 보고 싶긴 했다고, 말은 하고 싶었는데. 아빠가 110B번 버스를 타고 사라질 때.

아빠가 떠난 후에 나는 이태원 거리에 홀로 남았다. 나도 서둘러 비행기를 타고 오렌지로 돌아가고 싶다고 생각했다. 다행히 그다음 날이 출발이었다. 한국에서도 외롭고 쓸쓸하긴 마찬가지였다.

뺨이 차가워졌다. 눈이 내리고 있었다. 나는 보광동 이태원과 작별 전날에 홀로 곳곳을 돌아다녔다. 눈 쌓인 풍경의 이태원과 보광동을 미국에서 가지고 온 디카에 담았다. 이 정도면 한국의 추억과 헤어지는 작별 파티로는 꽤 괜찮다고 생각했다.

미국으로 돌아가는 비행기에서는 마침 내가 좋아하는 영화를 보여 주었다. '그래, 이건 행운의 표시'라고 생각했다.

내가 본 영화는 〈더 록〉이었다. '더 록'이란 별칭이 붙은 알카트라즈 감옥이 배경인 영화였다. 생화학자 굿스피드와 전직 대위이자 죄수로 30년간 지내온 존 메이슨이 잠입해 배신자 허멜 장군과 싸우는 이야기였다. 알카트라즈 감옥은 반란군의 수장 허멜 장군이 정복해 요새로 바뀌었다. 허멜 장군은 해병 비밀작전을 수행하다 전사한 병사의 보상금으로 1억 달러를 정부에 요구했다. 그렇지 않으면 샌프란시스코에 화학 무기를 장착한 미사일을 쏜다면서. 따지고 보면 허멜도 그렇게 나쁜 놈은 아니었다.

내가 이 영화를 좋아하는 건, 전쟁영화이기도 했지만 주인공들에게는 모두 명분이 있어서였다. 선과 악이 있거나, 무조건 싸우는 게 아니었다. 굿스피드와 존 메이슨, 허멜 모두 인간적으로 약점이 있었다. 하지만 그들의 싸움에는 지키려는 각자의 가치가 있었다. 중학생인 내가 보기에도 그게 멋져 보였다. 나는 별거 아닌 놈이었다. 다만 어른이 되면 내 인생의 어떤 가치를 찾고 싶다는 생각을 했다.

나를 태운 비행기가 한국과 미국 사이의 태평양을 건널 때, 나는 〈더 록〉의 마지막 장면을 보았다. 굿스피드가 신혼여행지에서 특별한 마이크로필름을 찾아내는 장면이었다. FBI 전국장이 모은 세계의 기밀이 담긴 것이었다. 굿스피드는 존 메이슨이 알려 준 마이크로필름을 얻고 행복한 미래를 향해 질주했다.

그때 흐르던 경쾌한 음악, 그 음악은 비행기 안에서 다시 들어도 좋았다. 먼 훗날, 내 인생이 성공한다면 사운드트랙으로 쓰고 싶은 음악이었다. 한스 짐머의 〈포트 월튼(Fort Walton)〉.

그리고 나는 다시 오렌지 유치원의 소포모어 학생으로 돌아갔다. 보광동에서도 행복을 찾을 수가 없으니까, 이제 오렌지에서 다시 행복을 찾아볼 생각이었다. 그때는.

하지만 그 후에도 나는 미국에서 '왜' 살아야 하는지 알 수 없었다. 그래서 한국으로 돌아오기로 마음먹은 건지도 몰랐다. 영어는 잘 못했지만, 미국에서 사는 즐거움을 발견한 이태리 누나가 그곳에서 그냥 살기로 한 것과는 달리.

"가자, 보광동."

테디의 전화를 받고 나는 눈을 떴다. 새끼가 일찍부터 성화였다.

"이따 오후에."

그날 오후에 테디와 나는 보광동 우사단로로 올라갔다. 우사단로 깊숙이 들어가면 한강과 한남대교가 한눈에 들어오는 멋진 곳이 있었다. 나는 테디를 데리고 그곳에 갔다. 테디는 신이 나서 곳곳의 사진을 찍어 인스타그램에 올렸다. 테디의 미국 친구들이 곧바로 인스타에 댓글을 달겠지.

테디가 대댓글을 다 달고는 나를 바라봤다.

"미국 친구들이 여기 와 보고 싶다고 그러네."

"빨리 오라고 그래. 아마 내년에 오면 사라져 있을지도 몰라."

내가 다시 돌아온 방향으로 돌아가려는데, 테디가 자기 인스타 사진에 다시 올라온 댓글을 보여 줬다.

"니키가 달았네. 지영이도 그때 형이 한국으로 돌아와서 보여 준 사진 기억하고 있을걸."

"그렇겠지."

우리 둘은 호주머니에 손을 넣고 다시 우사단로를 따라 걸었다. 우사단로에서 보광동으로 내려가는 길고 긴 골목이 보였다. 초등학교 시절, 태권도 배우러 다닐 때 사범님과 함께 이 골목을 매번 뛰어서 내려갔다. 그 달리기를 나중에 오렌지 유치원에서 또 하게 될 줄은 몰랐지만.

"나는 소포모어 2학기 때 형하고 애니 누나하고 사귈 줄은 몰랐어."

테디가 긴 내리막길을 내려다 보며 말했다.

"그치? 나도 몰랐어."

"어떻게 형이 미국에서 처음 사귄 사람이 우리 누나야? 그때 솔직히 형이 대단하다고 생각했어."

"뭐, 그렇게 나쁘지는 않았어. 약간 욕받이 연애 같은 면이 있었지만."

테디는 고개를 끄덕였다.

"애니 누나는 지금도 어바인에서 사는데……. 형이 첫사랑은 아니지만 좋은 사람이었대."

"하, 그래? 나는 잘 모르겠네."

"애니 누나도 외국 생활에 지쳐서 요즘 연락하면 가끔 한국으로 다시 가고 싶다고 하더라고."

애니만이 아니라 미국에 정착한 유학생들이 다시 한국으로 돌아오는 게 약간 트렌드처럼 되기도 했다. 의도한 건 아니었지만 내가 몇 년 먼저 트렌드를 선점한 셈이었다. 그리고 그렇게 한국에 와도 생각보다 모든 게 잘 풀리지는 않는다는 말도 할 수 있게 됐고.

테디가 빤히 나를 쳐다봤다.

"왜?"

"근데 형은 언제 한국으로 돌아가기로 결심했어?"

"글쎄다……. 주니어 때?"

"그렇게 빨리? 소포모어 겨울 휴가 때 돌아와서 우리한테 이제 미국인으로 살 거라고 했잖아?"

"기억력 진짜 좋네."

"근데 겨우 1년 만에 다시?"

"그때 맥도날드에서. 결심까지는 아니고 그냥 좀 다시 생각하는 계기가 됐어."

"왜 하필 맥도날드야?"

"주말에 맥도날드에서 루이, 마크하고 같이 햄버거 먹고 있었거든. 근데 그 맥도날드에 노숙인 한 명이 앉아 있었어. 너도 알잖아. 오렌지에는 노숙인 없는 거. 그런데 어디선가 그때 노숙인 한 명이 나타났어. 나는 좀 신기해서 쳐다보는데, 금방 경찰이 나타나더라고. 그러더니 뭐라고 말을 하고 데려갔어. 그때 마크가 그러더라고. 오렌지에 노숙자가 없는 이유가 저거라고. 경찰이 차에 싣고 가서 도시와 도시 사이에 있는 가난밖에 없는 그런 동네에 내버리고 온다고. 중산층 사람들 눈에 띄지 않는 곳에. 그때 처음 생각했어. 아, 미국에서 살고 싶지 않다!"

그렇게 말하고서 나는 테디와 어깨동무를 했다.

"우리, 뛸래?"

내 말에 테디는 고개를 끄덕였다.

우리는 길고 긴 내리막길을 재빠르게 달렸다.

보광동 골목 끝까지 힘껏 내달리다, 어느 순간 소포모어 2학기 1월의 어느 날이 떠올랐다.

그날 체육시간에는 운동장에서 계속 여러 바퀴를 뛰었다. 다른 애들은 지치는데, 나는 그냥 뛰는 게 좋았다. 선생님이 마음대로 뛰라고 해서 나는 계속 뛰었다. 몇 바퀴를 빙빙 돌았는지도 헷갈리기 시작했을 무렵에는 온몸이 땀에 젖어 있었다. 머릿속에 잡다한 생각들이 없어지면서 기분이 상쾌하고 좋았다. 미국에서 살기로 마음먹은 뒤로는 한 번도 그렇게 머릿속이 텅 빈 적이 없었다.

숨을 헐떡이며 고개를 드는데, 운동장 저쪽에서 애니가 나를 쳐다보다가 고개를 돌렸다. 그때 딘 선생님이 내 어깨를 툭 쳤다.

"Taejo, Do you like to run?(태조, 달리기 좋아하니?)"

"Yes, nice.(네, 좋아요.)"

딘 선생님이 웃으며 내 앞에서 짧게 박수를 쳤다.

그렇게 나는 오렌지 유치원 최초로 한국인 크로스컨트리 선수가 됐다. 달리고 또 달렸다. 숨이 가쁘도록 달리는 게 좋았다. 내가 달리는 곳이 오렌지인지 보광동인지, 내가 어디에 속해 있는지 따위는 그 순간 생각할 필요가 없었다.

미국에서 나는 거대한 꿈을 꾸기 위해 달린 적은 없었다. 그저 두려운 꿈을 꾸지 않기 위해 달렸을 뿐이었다.

그거야말로 20대의 어느 날, 지쳐가던 내가 미국 생활을 끝낸 이유인지도 몰랐다. 슬픔과 기쁨도 있었고 좋은 친구들도 많이 사귀었다. 하지만 처음부터 마지막까지 미국에서 장밋빛 꿈을 꾼 적은 없었다. 테디나 민형이, 민희, 니키 그리고 내게 첫 연애의 매운맛을 알려 준 애니와는 그게 달랐다.

"미국으로 다시 갈 생각은 없어?"

테디가 물었다.

다시 그 시절로 돌아가면 달라질까? 나는 이미 다른 세상에서 사는데…….

"없어. 지금은 유니버스가 아니라 메타버스의 시대잖아."

그러면서 나는 피식 웃었다.

나는 다시 'America's Survival'을 할 생각은 없었다. 그 시절은 내 인생의 생존기였을 뿐, 황금기는 아니었다. 하지만 그날 밤, 혼자 내 영어 일기를 읽으며 다시금 그때로 여행을 떠나는 기분이 썩 나쁘지는 않았다.

나는 오랜만에 꿈에서 다시 마음의 밤길을 걸었다. 제이 리 선생님에게서 전화가 왔다.

"선생님, 제 번호는 어떻게 알았어요?"

"마음의 밤길에서는 이렇게 연락이 되기도 하지. 명상으로 너의 세계에 들어간 거야. 오늘 밤에 너는 네가 보살펴야 할 친구를 만날 거니까."

"도대체 누구를 만나는데요?"

어느새 나는 고교 시절의 태조 리로 돌아가 있었다. 주머니에 손을 넣고 씩씩대며 밤길을 걷는데, 그 길에서 새끼 짐승처럼 쓰러져 있는 녀석을 다시 만났다.

"뭐야, 넌 사나운 개에 물려 죽었잖아?"

하지만 녀석은 고개를 저었다. 신기하게 옷은 뜯겨져 있었지만, 상처가 아물어서 얼굴은 말짱했다. 완전히는 아니었지만.

"뭐, 아직 흉터는 남아 있구나. 그래도 괜찮아. 이제는 내가 다 독여줄 수 있을 것 같아."

나는 녀석에게 손을 내밀었다. 녀석은 힘겹게 손을 뻗어 나의 팔목을 붙잡았다.

꿈에서 깼다. 새벽 네 시. 기분 좋은 시간이 돌아왔다. 내가 사는 현실의 유니버스에서 메타버스로 들어갈 시간.

잠시 눈을 감고 명상에 잠겼다. 내 생각의 채널을 점점 넓혀 나갔다.

세계인을 상대로 하는 유튜버가 지금의 내 직업이다. 미국과 한국, 두 곳에 모두 적응하지 못했지만 그 사이에 있는 가상의 우주는 내게 친숙했다. 물론 눈코입이 있는 얼굴은 숨겼다. 아무래도 나는 얼굴을 내밀고 떠드는 게 적성에 맞지 않아서. 또 지금도 계속 헬스로 몸을 만들고 있지만, 나는 '헬창' 유튜버는 아니니까 웃통을 까고 영상을 찍지는 않는다.

대신 영상과 편집기술을 배웠다. 자막을 넣는 방법은 물론이고 디자인을 배워서 직접 영상 안에 재미있는 이미지도 넣었다. 그게 메타버스의 우주를 날아다니는 나의 전투 장비였다. 나는 그렇게 철저히 영상과 목소리로만 메타버스를 떠도는 사람들을 나의 세계로 안내했다. 세계의 수많은 유명한 게임과 잊힌 게임, 하이 판타지의 세계와 로우 판타지의 세계를 10분 안팎의 영상으로 설명했다. 그렇게 내 채널을 찾아온 사람들과 친해지면 끝이었다.

나는 한국어와 영어, 거기에 일본어까지 세 개의 언어로 된 채널을 운영했다. 나는 얼굴 없는 모습으로 더 많은 세계의 정보를 모으고 있다. 지금은 한국에서만 유명했던 90년대와 2천 년대의 골 때리는 한국 영화를 영어로 소개하는 채널을 새로 만들었다.

앞날은 알 수 없다. 모친도 몰랐고, 아빠도 몰랐고 이태리도 몰랐고, 나도 몰랐다. 하지만 알 수 없어도 갈 수는 있다. 그건 이미 내가 체험했으니까. 그러니 앞으로는 〈아메리카 생존기〉가 아닌 〈메타버스 생존기〉를 쓸 수도 있지 않을까?

나는 직진하는 대신 유영했고, 그게 어쩌면 지금의 복잡한 나를 만들었을 것이다. 보광동의 거미줄 같은 골목, 오렌지 유치원의 수많은 인종들의 떠들어 대는 목소리, 어쩌면 지난밤 마음의 밤길에서 나와 재회한 불쌍한 새끼 짐승 같던 외로운 나까지 이제 함께.

물론 나는 내 채널을 통해서는 '나'에 대해 절대 알리지 않을 것이다. 이미 내가 그냥 '나'라고 말할 필요가 없는 그런 시대를 살고 있으니까. 셀럽도 아니니, 그냥 나는 뭐 그렇게 타인에게 흥미로운 존재도 아니다. 하지만 나를 드러내지 않아도 수많은 정보의 조합으로 충분히 나를 드러낼 수 있다. 그게 한국과 미국 어디에도 정착하지 못했지만 메타버스 시대에 정착한 나야, 나.

10대들이 겪고 있는 인생 생존기

장편소설《나의 아메리카 생존기》는 작은 인연에서 출발했다. 내 작업실은 미국, 러시아, 터키 그 외 유럽은 물론 아프리카, 동남아시아, 아랍권 등 세계 각국의 사람들이 붐비는 이태원에 있다. 나는 낡은 양옥집 1층에서 글을 쓰는데 그 집 2층의 M 군과 마당에서 마주칠 때가 많았다. M 군과 몇 번 인사를 나누다 보니 자연스레 말도 트고, 흥미로운 사실도 알게 되었다. M 군은 이태원 토박이로, 10대의 나이에 가족과 함께 미국으로 이민을 떠났다고 했다. 그 후 여러 사정으로 20대에 고향 이태원으로 돌아와 정착한 청년이었다.

M 군은 이태원과 그 주변 보광동에 대한 애착이 강했다. 그 덕에 나는 이태원이나 인근 보광동, 우사단로 등에 대해 더 상세

히 알게 되었다. 나는 10년 전에 《보광동 안개소년》이라는 장편 소설을 쓴 적이 있기에 보광동 골목을 뛰어다니며 놀던 친구를 만난 게 신기하기도 했다.

그런 인연으로 나는 민망하지만 M 군에게 내가 소설가라는 사실을 털어놓았다. M 군도 취미로 글 쓰는 걸 좋아한다기에, 나는 그 시절 일들을 글로 쓰면 어떻겠느냐고 제안했다. 소설이건 수필이건 뭐 상관없이. 영어라고는 조금도 몰랐던 M 군이 미국에서 스스로 영어를 배워 가며 학창 시절을 보낸 일들이 꽤나 흥미롭게 느껴졌기 때문이다.

그 후 M 군은 이태원의 다른 곳으로 이사를 갔다. 우리는 가끔 톡으로 안부를 주고받았다. 그런데 어느 날인가 유학 시절의 일을 끄적거려 봤다며 툭 파일을 보내왔다. 나는 그 원고를 읽어 보고 이러저러한 부분을 수정하고 덧붙여서 만들면 자전소설 한 편이 나올 것도 같다고 조언했다.

몇 달이 지난 후에 이태원 빽다방에서 우연히 M 군을 만났다. M 군에게 지나가는 말로 그 원고는 소설로 쓰고 있느냐고 묻자 그는 실없이 웃으며 고개를 저었다. 아무래도 자기 이야기에 상상력을 보태 소설로 쓰는 건 쉽지 않다며 내게 한 가지 제안을 했다.

"작가님이 이 이야기를 써 보시는 건 어때요?"

나는 미국이라고는 딱 한 번, 그것도 LA 쪽이 아닌 뉴욕에 가 본 게 전부였던 터라 조금 걱정이 되었다. 하지만 분명히 흥미로운 소재이기는 했다. 조기유학 광풍이 한창이던 시절, 어쩌다 미국으로 이민을 가서 혼자만의 방법으로 영어를 익힌 소년의 이야기라니.

그 후 몇 차례 M 군과 인터뷰를 진행하며《나의 아메리카 생존기》의 뼈대가 만들어졌다. 그렇게 마지막 인터뷰가 끝날 무렵이었다. M 군은 미국 이민 시절의 외로움과 그리움을 말하면서 눈을 깔고 쓸쓸한 표정을 지었다. 그 얼굴을 앞으로 잊기는 힘들 것 같다.

나는 이 소설의 초고를 일단 M 군에게 보여 주었다. M 군의 반응은 좀 의외였다.

"이건 제가 겪은 일이지만 제 이야기가 아니군요. 너무 많이 달라졌어요. 뭐, 그래도 그 시절 미국으로 건너 간 10대에게 있을 법한 이야기네요. 사실 너무 좋은 경험들을 했지만 그때 만일 저에게 선택권이 있었다면 전 한국을 떠나지 않았을 거예요."

《나의 아메리카 생존기》는 이처럼 익숙한 공간을 떠나 전혀 다른 환경에서 살아가는 10대의 이야기다. 지금 같은 시대에도 쉽지 않은 10대의 삶인 것이다. 그곳의 고등학교는 한국과는 많이 다른 시스템이지만 아이들은 역시나 또래의 비슷한 고민과 외로움을 안고 산다. 물론 극강의 입시 스트레스에 시달리는 한국 고교생들의 학창 시절과 똑같을 수는 없다. 또한 이미 10년 전의 이야기라 지금과는 다를지도 모르겠다.

하지만 이 소설을 통해 지금의 10대가 2천 년대 중반, 미국에서의 10대 유학생의 삶을 들여다보며 느끼는 독특한 재미가 있을 거라고 생각한다. 메타버스의 우주를 통해 지금은 유튜브로만 볼 수 있는 싸이월드와 원더걸스, 빅뱅이 인기 있던 그 시절을 여행하는 기분이랄까?

더구나 그때나 지금이나, 한국이건 미국이건, 10대의 삶은 혼란스러우면서도 풋풋하고 그러면서도 고독하다고 생각한다. 나도 그랬고, 소설 속의 태조도 그랬고, 지금의 10대들도 마찬가지일 것이다. 그러면서 태조처럼 아메리카 생존기는 아니더라도 각자 나름의 인생 생존기를 배워 나가는 시기라고 생각한다. 부모와 가족에게서 조금씩 떨어져 나가면서 자신만의 고유한 세계를 만들어가는 그런 시기니까 말이다. 나는 소설《나의 아메리카 생존기》에 10대들이 겪고 있는 인생 생존기의 고민을 담아 보고 싶었다. 자신의 인생에서 최초로 너무도 심각하고, 진지하고, 어쩌면 비장한, 그리고 늘 우정에 진심인 그런 시절은 모두에게 있었을 것이다. 그런 면에서 이 소설은 10대와 학부모, 대학생과 직장인들이 각각 공감하는 지점들이 있을 거라 생각한다. 나는 10대의 주인공을 통해 청소년과 모든 세대가 함께 공감하고 대화를 나눌 수 있는 이야기의 세계를 열고 싶었다.

2022.

박생강